Dysgu Byw

Sarah Reynolds

Cyhoeddwyd yn 2016 gan
Wasg Gomer, Llandysul, Ceredigion SA44 4JL
www.gomer.co.uk

ISBN 978-1-78562-155-0
ISBN 978-1-78562-156-7 (Epub)
ISBN 978-1-78562-157-4 (Kindle)

Cyhoeddir gyda chymorth ariannol Cyngor Llyfrau Cymru.

Argraffwyd a rhwymwyd yng Nghymru gan
Wasg Gomer, Llandysul, Ceredigion.

I

Geraint Huw, Lyra ac Atticus

Siwan

Roedd hi'n ddechrau gwael i'r tymor. Roedd pen mawr 'da fi. Ro'n i wedi cysgu'n hwyr. Gwisgais i'r peth cyntaf des i o hyd iddo ar y llawr, sef ffrog fer o'r noson gynt. Rhedais i am y bws, felly erbyn i fi gyrraedd y coleg ro'n i'n chwyslyd ac yn fyr fy ngwynt, ac roedd fy wyneb yn fflamgoch. O leiaf mae'r wers gyntaf wastad yn hawdd – cyflwyno ein hunain. Es i'n gyntaf.

'Helô, Siwan ydw i. Dwi'n actores. A oes unrhyw un yma yn gwylio *Pobol y Cwm*? Dwi'n chwarae rhan Erin ar *Pobol y Cwm*. Wel, ddim nawr. Dwi'n "gorffwys" ar hyn o bryd. Pan dwi ddim yn actio, dwi'n diwtor Cymraeg.'

Dyma beth ddwedais i ddim: 'Dwi heb actio ers misoedd. Dyw fy asiant ddim yn fodlon derbyn fy ngalwadau. Dwi'n gorfod gwneud y swydd ddiflas 'ma er mwyn talu'r biliau.'

'Beth? *Chi* yw'r athrawes?' bloeddiodd menyw fach gymen. Mae wastad un ym mhob dosbarth, y poen yn y pen-ôl, y swot. Glesni yw ei henw eleni. Mae hi yn ei saithdegau ac yn gyn-bennaeth ar ysgol ffansi i ferched ffansi. Roedd ei beiros mewn rhes daclus ar y ddesg. Roedd ffeil gyda hi wedi'i threfnu yn ôl lliwiau. *Geiriadur yr Academi* o'i blaen. Popeth yn ei le. Roedd yn amlwg nad oedd hi yno i gael hwyl. Roedd hi o ddifrif.

'Ie. Fi yw eich athrawes eleni,' dwedais i, gan lyfnu fy ngwallt. Roedd rhywbeth sticlyd ynddo fe. Ro'n i'n gobeithio nad oedd neb wedi sylwi. Edrychais rownd y ford ar fy nosbarth newydd, gan obeithio na fydden i'n gweld Clive. Plis, plis, plis Dduw, dwed bod Clive wedi symud lan i lefel Uwch 2, meddyliais. Ar bwys Glesni, roedd menyw gron â wyneb hapus. Roedd hi'n fy atgoffa i o Sali Mali, tase Sali Mali'n dod o India. Roedd hi wedi sgwennu ei henw ar ddarn o bapur a'i blygu ar y ddesg o'i blaen – Sangita Persaud. Dwi'n hollol rybish gydag enwau, felly ro'n i'n gwerthfawrogi ei hymdrech. Da iawn, Sangita – seren aur i ti, meddyliais i. Er hynny, rwyf wedi datblygu fy null bach fy hun o gofio enwau. Dwi'n dychmygu'r person mewn sefyllfa gofiadwy a dwi'n creu odl amdanyn nhw. Er enghraifft, ro'n i'n dychmygu gweld Sangita'n gwisgo ffrog oren ac yn gweithio yng nghaffi Pentre Bach. Wedyn, meddwn wrtha i fy hun, Sangita Persaud – menyw jacôs. Wel, olreit, dy'n nhw ddim yn odli'n berffaith bob tro, ond dwi ddim yn mynd am y Gadair, nag ydw i?

Ar bwys Sali Mali – Sangita, hynny yw – roedd boi trwsiadus yn ei chwedegau yn ffidlan gyda'i ffôn. Roedd e'n dderwen o ddyn â llond ei ben o wallt arian, llygaid bach treiddgar, a phâr o wefusau tew a gwlyb. Fe gyflwynodd ei hun fel Gwynfor ac yn syth, daeth y geiriau yma i 'mhen: Gwynfor gwefus gwlithen. Cofiadwy neu be? Da iawn fi. Ar bwys Gwynfor gwefus gwlithen, roedd menyw enfawr o feichiog, a phâr o daflegrau'n sefyll uwch ben ei bol fel bygythiad niwclear o ffrwythlondeb. Sai'n deall pam bod pobl wastad eisiau cyffwrdd bol menywod beichiog. Mae'r syniad yn troi arna i a dweud y gwir. Mae'n fy atgoffa i o'r ffilm *Alien* lle mae creadur yn ffrwydro mas o gorff Sigourney Weaver. Afiach! A dyna sut dwi'n cofio enw

Caryl. Dwi'n ei dychmygu hi ar set *Alien*, a dweud wrtha i fy hun: Caryl gyforiog, yn afiach o feichiog. Da iawn, ife?

Wrth ymyl Caryl gyforiog, roedd hipi ganol oed yn gwisgo plu yn ei chlustiau. Roedd dillad carpiog *tie-dye* amdani, ac roedd naws cyfriniaeth ddwyreiniol yn hofran o'i chwmpas fel rhech cath. Roedd hi wedi copïo Sangita ac wedi sgwennu ei henw ar ddarn o bapur. Roedd hi wedi darlunio calon o amgylch ei henw: Jemma. Gyda J. Doedd dim eisiau i fi feddwl am odl ar ei chyfer hi – roedd hi'n ddigon cofiadwy fel roedd hi.

Ar bwys yr hipi hanner call, roedd dyn golygus yn sgwennu 'Dosbarth 1' yn ei bad papur. Roedd gwallt golau gydag e, a lliw haul. A dweud y gwir, dwi'n eithaf siŵr mai mas o botel y daeth y lliw haul – a lliw'r gwallt hefyd, tase hi'n dod i hynny – ond dwi'n barod i faddau'r gwendidau yma os yw e'n ffansïo jymp. Dwi'n hael fel 'ny. Peter yw ei enw, ac mae hynny'n hawdd ei gofio: Peter y Pishyn. Helô, Pishyn, meddyliais i … ac wedyn fe welais i e. Yn gwenu arna i fel ffŵl, ei ên flewog yn bolio allan, ei lygaid diog yn loetran ar fy mronnau mewn ffordd hollol annifyr: Clive. Sut mae disgrifio Clive? Mae'n frwdfrydig, yn siriol, ychydig bach yn od … ac yn hollol anobeithiol yn y Gymraeg. Mae e wedi bod yn gwneud yr un cwrs ers tair blynedd. Mae'n gweithio fel garddwr yn y plasty gerllaw'r coleg, ac mae e wastad yn dod â chynnyrch i fi o'r ardd – blodau, ffrwythau, llysiau. Heddiw, roedd moronen siâp calon gydag e.

'An-reg,' meddai e gan wincian.

'Helô Clive,' dwedais i, 'ym, diolch. Allet ti gyflwyno dy hun i'r dosbarth?'

'Helô. Clive ydw i. Dwi'n dod o Drebedw ...'

Drwy rŵn diflas Clive, ro'n i'n meddwl am y boen yn fy mhen. Ro'n i'n teimlo'r gwin coch o'r noson gynt yn sloshian yn fy mol. Torrais i wynt ond sai'n credu i neb sylwi. Dydw i ddim yn yfed ar nos Lun fel arfer, ond roedd clyweliad gyda fi'r diwrnod hwnnw ar gyfer hysbyseb deledu. Swnio'n gyffrous? Doedd e ddim. Hysbyseb eli pen-ôl oedd hi. Triniaeth ar gyfer peils. Wnes i gawl ohono, ta beth. Felly es i mas gyda fy ffrind gorau, Ceri, am wydraid o win. Trodd un yn botelaid neu ddwy. Dyna pam roedd fy mhen i'n teimlo fel tase cnocell y coed yn nythu ynddo.

'Rydw i'n hoffi gwylio teledu yn fy amser sbâr,' meddai Clive, 'fy hoff raglen ydy *Pobol y Cwm*.'

'Diolch yn fawr Clive. Pwy sy eisiau tro nesaf? Beth amdanat ti, Pishyn – sori, ym ...'

'Pishyn? Peter ydw i,' meddai fe. 'Rydw i'n dod o Lundain yn wreiddiol. Dwi wedi bod yng Nghymru ers bedair flwyddyn a hanner. Dwi'n byw gyda fy bartner ar fferm fach yn Llanarthne. Ni'n brido alpacaod.'

'Alpacaod? Wel, mae hynny'n ddiddorol! Ac wyt ti'n briod, Peter?'

'Dim eto. Dwi'n – beth yw "organise"?'

'Trefnu.'

'Dwi'n trefnu priodas ar y fferm.'

Trueni, meddyliais i.

'Hyfryd,' dwedais i.

'A beth amdanat ti?' gofynnais i Sangita (Sangita Persaud, menyw jacôs!). Dechreuodd hi ar ei *spiel*. Yn amlwg, roedd hi wedi bod yn ymarfer.

'Sangita ydw i. Dwi'n dod o India yn wreiddiol. Dwi wedi bod yn dysgu Cymraeg ers pedair blynedd. Dwi'n gweithio yn yr ysbyty. Mae fy ngŵr yn gweithio ym Mhrifysgol y Drindod. Mae dau o blant gyda fi, Sunil a Diya. Mae Sunil yn astudio i fod yn ddeintydd ac mae Diya yn gweithio yn y BBC yng Nghaerdydd.'

Yn sydyn, ro'n i'n teimlo'n sâl ofnadwy.

'Esgusodwch fi … dwi jest yn gorfod … ym, cariwch ymlaen!' tagais i. Saethais mas o'r stafell, rhedeg i lawr y coridor ac i mewn i stafell molchi'r menywod. Chwydais botelaid o win. Wedyn, cwympais yn swp sâl ar bwys y tŷ bach. Clywais sŵn cnocian ar y drws.

'Are you alright in there? Ym … wyt ti'n iawn?'

'Ydw. Dwi'n alright. I mean, I'm iawn.' Des i mas a gweld y fenyw feichiog yn sefyll yna. *Caryl gyforiog, yn afiach o feichiog.* Roedd hi'n cynnig pecyn o *wet wipes* i fi.

'You might want to …'

Edrychais i yn y drych. Roedd sic i lawr fy ffrog.

'Diolch. Dodgy curry neithiwr,' dwedais i.

'Paid â phoeni. I'm used to a bit of sick. Mae gyda fi ddau plant.'

'Mae dau blentyn gyda fi.'

'Ti hefyd?'

'Nage …' ond ro'n i'n gorfod rhedeg at y tŷ bach eto. Chwydais i'r botelaid arall.

*

Pan es i 'nôl i'r dosbarth, roedd Glesni'n gwneud ceg gam arna i. Ro'n i eisiau tynnu fy nhafod arni, ond dwi'n rhy broffesiynol i wneud rhywbeth felly.

'Ry'n ni'n mynd i chwarae gêm nawr,' dwedais i, 'Mae'n rhaid i chi ddweud tair brawddeg amdanoch eich hunan. Dwedwch ddwy frawddeg wir ac un frawddeg sy'n gelwydd.' Es i'n gyntaf.

1. Wnes i ennill gwobr am fy rôl yn *Pobol y Cwm*. (Gwir. Cymeriad mwyaf blin mewn opera sebon. Ond wnes i ddim egluro hynny.)
2. Dwi wedi ymddangos mewn pennod o *Doctor Who*. (Gwir. Fi oedd Cyborg rhif 8.)
3. Ro'n i'n arfer byw drws nesaf i Shân Cothi. (Celwydd.)

Cododd clustiau Glesni'n sydyn.

'Shân Cothi? Chi'n nabod Shân Cothi?' meddai.

Roedd hi'n siomedig iawn i ddarganfod taw celwydd oedd e. Ofynnodd neb i fi am y wobr nac am *Doctor Who* chwaith. Philistiaid. Doedd dim byd diddorol gyda nhw i'w ddweud ta beth. Roedd Jemma gyda J (yr hipi) yn arfer byw yn India. Roedd Gwynfor gwefus gwlithen yn arfer bod yn brif uwch-arolygydd yr heddlu yn Lloegr. Ac roedd Caryl gyforiog, yn afiach o feichiog, wedi cystadlu yn Eurovision. Ocê, dwi'n fodlon cyfaddef bod hynny'n eithaf cŵl. Gwnaeth Clive gawl o'r cyfan, wrth gwrs. Dwedodd e dri chelwydd:

1. Dwi wedi ennill y loteri.
2. Dwi'n mynd i briodi Siwan.
3. Dwi'n siarad Cymraeg yn rhugl.

Wir, mae'r dyn 'na tu hwnt.

Roedd ugain munud tan ddiwedd y wers ac roedd fy mhen i'n curo. Amser fideo. Wrth lwc, mae fy nhad yn recordio popeth dwi'n ei wneud ar y teledu – hyd yn oed Cyborg rhif 8 – felly mae digon o bethau diddorol gyda fi i'w dangos i'r dosbarth. Dwi'n meddwl bod fy fideos i'n lot gwell na fideos diflas y cwrs. Dewisais i bennod o *Pobol y Cwm* o 2008 lle mae Erin (oedd yn fodel ar y pryd) yn cael ei chipio gan edmygydd gwallgof. Wnes i lefain dagrau go iawn a phopeth! Hedfanodd gweddill y wers. A dweud y gwir, dwi'n credu bod y wers yn eithaf bendigedig. Da iawn fi.

Fore trannoeth, penderfynais i ddechrau *health kick*. Dim yfed. Dim siocled. Rywsut, dwi wedi mynd i'r arfer o fwyta pecyn o bedwar *mousse* siocled Rolo bob nos. Felly penderfynais i fynd i ddosbarth Zumba yn y ganolfan hamdden. Roedd Sangita'n sôn amdano yn y dosbarth Cymraeg – yn y bôn, ti'n dawnsio fel ffŵl am hanner awr ac mae'r pwysau i fod i gwympo oddi ar dy ben-ôl – gobeithio!

Beth byns, ro'n i yn y stafell newid yn cael fy ngwynt ataf ar ôl cerdded lan y grisiau (roedd y blydi lifft wedi torri), a phwy ddaeth i mewn ond Celyn yr Elyn, neu Celyn Iantos fel mae pawb arall yn ei galw hi. Roedden ni ar *Pobol y Cwm* gyda'n gilydd yr un pryd. Efallai taw cyd-ddigwyddiad oedd y cyfan, ond ar ôl iddi ddechrau cysgu gyda phrif sgriptiwr *Pobol y Cwm*, cafodd ei chymeriad lwyth o straeon cyffrous a bu'n rhaid i Erin adael Cwmderi! Cyd-ddigwyddiad, wir.

'Siwsi-sw!' ebychodd.

Does neb yn galw hynny arna i. Rhoiodd swsys i'r awyr ar bwys fy mochau.

'Beth wyt ti'n neud 'ma?'

'Ym … zumba.'

Chwarddodd yn rhy uchel.

'Siwsi, ti'n *hilarious*! Ond sut *wyt* ti? Beth wyt ti'n neud erbyn hyn? Clywais i dy fod ti wedi rhoi'r gorau i'r busnes actio …'

Yn dy freuddwydion, meddyliais i.

'Dwi'n cael 'bach o amser mas ar hyn o bryd – roedd pethau'n wallgo am sbel. Ro'n i'n meddwl ei bod hi'n bryd i fi roi rhywbeth 'nôl i'r gymuned, felly dwi wedi bod yn dysgu Cymraeg i oedolion.'

Roedd ei cheg hi fel pysgodyn aur.

'OMG. Ffawd! Dwi'n neud peilot – cyflwyno rhaglen ar gyfer dysgwyr. Mae'n rhaid i ti ddweud y cyfan wrtha i. Efallai galla i ddod mewn i dy weld di'n dysgu rhywbryd?'

'Efallai …' dwedais i, yn ddigon amwys. 'Ife Tinopolis sy'n neud y peilot?'

'Ie. Ti'n gwybod bod Ang a fi'n hen ffrindiau … O, Siwsi-sw! Mae'n hyfryd dy weld di. Rhaid i ni gwrdd am goffi. Wna i decsto ti!'

Tecsto fi, mynyffachi! Yr hwch.

Dyw hi ddim hyd yn oed yn dysgu Cymraeg – prin mae'n gallu ei siarad ei hunan! Fi fyddai'r person perffaith i gyflwyno rhaglen ar gyfer dysgwyr!

Ffoniais i Paul, fy asiant, yn syth, gan esgus wrth Blodwen – ei gynorthwyydd – taw fi oedd Sara Lloyd-Gregory. Mae Paul wastad yn codi'r ffôn pan dwi'n gwneud hynny. Betia i nad yw Sara Lloyd-Gregory ddim yn cymryd unrhyw *shit*.

'Paul. Mae Tinopolis yn saethu peilot ar gyfer rhaglen

deledu i ddysgwyr. Bydden i'n berffaith i'w chyflwyno hi. Dwi eisiau cyfarfod wythnos yma.'

'Sara? Ym … Do'n i ddim yn sylweddoli taw cyflwyno rwyt ti eisiau'i wneud …'

'Nid Sara sy 'ma. Siwan James. Cofio fi? Ro'n i'n arfer neud miloedd o bunnoedd i ti. Llwydda i gael y clyweliad 'ma i fi, a bydda i'n neud miloedd i ti eto. *Capisce*?'

'Ym … Iawn.'

Trawais y ffôn i lawr, wedi synnu ataf fy hun, ac yna chwerthin fel ffŵl!

Hanner awr wedyn, ges i alwad 'nôl wrth Blodwen.

'Mae gen ti gyfweliad yn Tinopolis yfory am ddeg y bore. Ond Siwan, paid esgus bod yn Sara Lloyd-Gregory eto. Mae'n *embarrassing* i ni i gyd …'

'Sori Blodwen, ti'n torri lan … alla i ddim dy glywed di … chwssss-sshhh,' dwedais i, cyn cau'r ffôn â chlec. Ro'n i'n methu stopio gwenu. Cyfweliad ar gyfer swydd yn cyflwyno rhaglen deledu! Wfft i'r hysbyseb eli pen-ôl – dwi'n mynd i fod yn seren y sgrin unwaith eto! Da iawn fi!

Ro'n i'n ysu i rannu fy newyddion da gyda rhywun, ond doedd Ceri ddim yn ateb ei ffôn. Na fy rhieni chwaith – ers iddynt ymddeol, dwi braidd byth yn eu gweld nhw. Mae ganddynt well bywyd cymdeithasol na fi. Yn sydyn, fe sylweddolais i pa mor ffôl oedd hyn. Menyw gorjys a thalentog ar ei phen ei hun gyda'r nos?!

Gyrfa: ar i fyny. Y peth nesaf i'w drwsio: y bywyd carwriaethol. Actiwali, wfft i gariad – fe wneith drwsio fy mywyd rhywiol i'r dim. Sai wedi cael rhyw ers chwe mis. Mae Ceri wedi fy nghofrestru i ar Winker, sef ap ffôn sy'n cysylltu pobl sengl yn eich ardal â'i gilydd. Roedd hi'n ei ddefnyddio fe drwy'r amser pan oedd hi eisiau jymp *no strings attached* – tan iddi gwrdd â'i sboner, Greg, trwyddo fe. Bai Greg oedd hi 'mod i wedi meddwi'n rhacs nos Lun. Ro'n i'n cael amser hyfryd gyda Ceri nes iddo fe gyrraedd. Wedyn treulion nhw weddill y noswaith yn lapswchan fel geifr horni.

Fe sleifiais i allan o'r dafarn a gweddillion y botel win dan fy nghesail, heb ddweud hwyl fawr, hyd yn oed. Es i adre i yfed y gweddillion ar fy mhen fy hun tra o'n i'n stwffio 'ngheg â phecyn o *mousse* siocled Rolo. Fe fydda i'n anweledig i Ceri am y chwe mis nesaf. Nes bod Greg yn datgelu bod ganddo wraig a thri o blant … neu hanes maith o droseddu … neu fod yn well ganddo ddynion. Ti'mod. Fel arfer.

Beth byns. Wfft i Greg. Wfft i Ceri hefyd. Unwaith dwi ar y sgrin eto, galla i ac Angharad Mair fod yn ffrindiau gorau yn ei lle. A Sara Lloyd-Gregory. Fe fydd y tair ohonon ni'n BFFs! Efallai fydda i'n dechrau mynd mas gyda Matt Johnson, cyflwynydd rhaglen *Hwb* i ddysgwyr. Bydden i wrth fy modd yn ei helpu fe gyda'i Gymraeg. Dwi'n siŵr bod cwpl o bethau eraill 'da fi i'w dysgu iddo fe hefyd.

Yn y cyfamser, Winker amdani. Cliciais i ar *Singles in your area*. Ymddangosodd rhes o luniau i fi bori drwyddynt. Rhy ifanc, rhy hen, rhy flewog. Dai'r Post! Mae e'n briod, y cythraul! Wedyn, pâr o lygaid golygloyw. 'Hogyn Horni' roedd e'n galw ei hunan. Wnei di i'r dim, meddyliais i. Fe sweipiais i'r dde, sef yn iaith Winker: 'Fydden i ddim yn dy daflu di mas o'r gwely ar noson oer.' Disgwyliais iddo ymateb. Os oedd e'n meddwl fy mod i'n bishyn, byddai e'n sweipio i'r dde hefyd. Ar ôl chwarter awr, doedd dim smic wrtho. Y coc oen. Symudais ymlaen, ond doedd neb arall ro'n i wir yn ei hoffi. Ddim yn lleol, ta beth. Gofynnodd boi o'r enw 'Sunny' i fi fynd i barti *swingers* ym Mhontyberem gydag e, ond ro'n i'n becso pwy bydden i'n ei ffeindio yno – Dai'r Post efallai. Neu'n waeth, Clive o fy nosbarth Cymraeg!

Cwtsho ar y soffa gyda Matthew Rhys amdani 'te (hynny yw, bocs-set DVD o *The Americans*), potelaid o Pinot Grigio a phecyn o *mousse* siocled Rolo. Wel, roedd hi 'bach yn uchelgeisiol i fynd yn hollol *cold turkey*. Torri 'nôl yw'r cam cyntaf. Bwytais i dri yn lle pedwar. Wedyn fe glywais i 'ping' ar fy ffôn. Llamodd fy nghalon. Hogyn Horni! Roedd ganddo *moves* hefyd.

Pam wyt ti ar Winker? Ti'n brydferth. Wyt ti'n fodel?

LOL! Actores broffesiynol a dweud y gwir.

Ro'n i'n meddwl dy fod ti'n edrych yn gyfarwydd. Beth wyt ti'n gwisgo?

Ro'n i wedi newid mewn i fy hen *jammies* cyffyrddus, ond ddwedais i ddim o hynny.

Dim. Dwi yn y bath …

Wyt ti angen rhywun i olchi dy gefn?

Odw glei!

Dwi'n gwybod nad oedd yn gall iawn rhoi fy nghyfeiriad i ddieithryn, ond ro'n i wedi yfed y Pinot i gyd erbyn hynny. Treuliais i'r deng munud nesaf yn cuddio fy nillad brwnt yn y cwpwrdd, potsio colur dros fy wyneb a siafio 'nghoesau. Wedyn canodd cloch y drws.

Fel person enwog, fe fyddai'n gomon i fi wneud *kiss and tell*, ond mi ddweda i hyn: fore trannoeth, roedd sbonc yn fy ngham! Sleifiais allan o fy fflat gan adael Hogyn Horni'n chwyrnu fel mochyn yn fy ngwely. A dweud y gwir, doedd e ddim mor olygus yn y bore. Roedd poer yn slefrio i lawr ei foch fel ôl malwen. Deniadol iawn. Adewais i ddim nodyn iddo.

Ro'n i braidd yn gynnar ar gyfer y cyfweliad, a gan 'mod i heb gael lot o gwsg, es i mewn i gaffi am goffi bach. Coffi neu ddau. Ocê, tri espresso mewn tri deg munud. Ro'n i'n chwysu ac yn crynu fel Mam heb ei HRT erbyn i fi gyrraedd y stiwdio. Sai'n credu i neb sylwi. Pan ydych chi wedi'ch hyfforddi'n broffesiynol fel fi, ry'ch chi'n gwybod sut mae cuddio eich teimladau. 'The show must go on', fel maen nhw'n ei ddweud. Dwi'n hoffi meddwl amdanaf fy hunan fel alarch, yn ymlithro'n osgeiddig dros wyneb y llyn. Fyddai neb yn dychmygu bod fy nhraed yn bracso fel y diawl o dan y dŵr!

Roedd rhaid i fi wneud cyfweliad gyda dysgwr go iawn – rhyw foi dwl o'r cymoedd sy wedi bod ar raglen realiti. Roedd ei ddannedd yn annaturiol o wyn a'i wallt yn annaturiol o galed. Roedd e fel ceisio cael sgwrs gyda *Ken doll* rheglyd. Ro'n i'n gorfod gofyn pob un cwestiwn sawl gwaith, a phan oedd e'n ateb, roedd pob yn ail air yn *like* neu'n *fucking*. Aeth y cyfweliad fel hyn:

Fi:	Croeso cynnes i'r rhaglen, Connor.
Connor:	Iawn, like.
Fi:	Sut brofiad wyt ti wedi'i gael wrth ddysgu'r iaith?
Connor:	Huh?
Fi:	Sut wyt ti wedi ymdopi gyda'r her o ddysgu Cymraeg?

Connor: Wha'?

Fi: Wyt ti'n siarad Cymraeg, Connor?

Connor: Tipyn bach, like.

Fi: Wyt ti'n gweld dysgu Cymraeg yn anodd – *hard* – neu'n hawdd – *easy*?

Connor: Mae'n fuckin' anodd, myn!

Achubwyd y sefyllfa pan ymyrrodd Angharad Mair i ddweud ei bod hi wedi gweld digon, ac ymlaen â ni at yr eitem nesaf. Ro'n i'n gorfod darllen *autocue*. Roedd yr eitem am ryw hen lyfr du diflas. Beth byns, fe wnes i'r gorau o'r gwaethaf. Wnes i fywiogi'r peth gyda chwpl o jôcs a hanesyn am fy llyfr bach du fy hun! Dwedodd Angharad Mair fod fy mherfformiad yn 'egnïol'. Dwi'n deall nad oedd hi i fod i ddangos pleidgarwch, ond cred di fi, roedd ei llygaid yn pefrio. 'Sen i ddim yn gwybod yn well, bydden i'n dweud ei bod hi'n fy hoffi i. Ti'mod, fel *hoffi* hoffi.

Gawson ni sgwrs wedyn, a gofynnodd hi lwyth o gwestiynau am fy nosbarth Cymraeg. Wel, wir. Beth ro'n i i fod i'w ddweud? *Maen nhw i gyd yn od ac yn shit yn y Gymraeg?* Gofynnais i mi fy hun: beth fydde Sara Lloyd-Gregory yn ei ddweud? Penderfynais y bydde hi'n canmol ei dosbarth, yn bendant. Felly, fe wnes i. A dweud y gwir, efallai i mi ychydig bach … dros ben llestri. Dwedais i fod pawb sy yn fy nosbarth yn anelu at fod yn Ddysgwr y Flwyddyn eleni. Goleuodd llygaid Ang wrth glywed hynny. Bu sôn am raglen ddogfen pryf ar y pared i ddilyn ein 'siwrne'.

Ar ôl y cyfweliad, tra o'n i'n dal i hedfan ar lwyddiant

Siwan

(a choffi), es i ar-lein i enwebu pob un yn fy nosbarth ar gyfer Dysgwr y Flwyddyn. Yr unig beth mae'n rhaid i fi ei wneud nawr yw eu perswadio nhw i gyd i fynd amdani ... wel, a gwella eu Cymraeg, sbo. Dwi wrthi nawr yn paratoi gwers *amazeballs* – mae fy myfyrwyr fy angen i, ac am y tro cyntaf, efallai fod eu hangen nhw arna i! Pwy fase wedi meddwl, pan ges i'r swydd ddiflas 'ma, y bydde hi'n fy arwain i 'nôl at glod a golud?

Clive

Clive ydw i. Rydw i'n 38. Rydw i'n byw yn Nhrebedw. Rydw i'n gweithio fel garddwr. Rydw i'n hoffi gwylio'r teledu yn fy amser sbâr. Fy hoff raglen yw *Pobol y Cwm*. Fy hoff gymeriad yw Erin.

Caryl

Dechreuodd y wers fel y gwnâi bob wythnos.

'Pan o'n i yn *Pobol y Cwm* …' meddai Siwan.

Ro'n i'n methu peidio ochneidio. Doedd Siwan ddim yn sylwi. Roedd hi'n rhy brysur yn parablu am y tro y gwnaeth ei chymeriad – Erin – ddysgu sut i siarad â dolffiniaid er mwyn achub crwt oedd yn boddi yn y bae. Fel arfer, roedd Clive yn adnabod y bennod.

'Eedy Erin yn dord noll i Coom Derry?' meddai Clive. Dyna sut mae'n siarad Cymraeg. Fel rhyw fath o robot Seisnig.

'Pwy a ŵyr?' meddai Siwan. 'Efallai fydd Erin yn ôl ar eich sgriniau cyn bo hir.'

'Ond ro'n i'n meddwl roedd dy gymeriad wedi marw wrth gwympo o gopa'r Wyddfa?' gofynnais i.

'A-ha, ond ffeindiodd neb y corff!' meddai hi a newid y pwnc yn glou. 'Heno, mae cwis Cymraeg yn nhafarn y Cyfeillion,' meddai hi. 'Os oes diddordeb gydag unrhyw un mewn cymryd rhan, dewch i fy ngweld i ar ôl y wers.'

Dydw i ddim yn synnu bod Siwan yn mynd i'r dafarn. Mae hi wastad yn drewi o alcohol. Yn y wers gyntaf, roedd 'gwenwyn bwyd' arni hi. Gwenwyn gwin, fwy na thebyg. A hithau'n fam i ddau o blant hefyd!

Roedden ni'n trafod anifeiliaid anwes a hobïau yn

y dosbarth Cymraeg yr wythnos yma ac fel arfer, roedd rhaid i ni chwarae bingo. Does dim dychymyg gyda Siwan o gwbl. Ni'n chwarae bingo am bopeth. Bingo lliwiau, bingo bwyd, bingo anifeiliaid. Bop bop blincin bingo! Bop bop yw beth mae Cai a Lili yn dweud ar ôl gorffen eu bwyd. Bop bop! Mae Cai yn bump ac yn dechrau cywiro fi yn barod. Dwedais i wrtho fe,

'Dal dy sgwter gyda dau law.'

'Dwy law, Mami', meddai fe, y diawl bach.

Mae'n rhaid i fi ddysgu Cymraeg cyn i'r babi newydd fynd i'r ysgol neu fe fydd y tri ohonynt yn heidio yn fy erbyn i! Dyna pam dwi'n dal ati gyda'r blincin gwersi. A dweud y gwir, mae'n esgus da i gael dwy awr i fy hunan hefyd, er bod Siwan yn athrawes wael a rhai o'r bobl eraill yn y dosbarth yn od. Rhwng yr hipi a'r alpaca *maniac*, dwi'n teimlo fel yr unig berson normal 'na! Wel, fi a Sangita. Rydyn ni'n dwy'n jocian ein bod ni'n aelodau o grŵp AA – Anobeithiol Anonymous:

'Fy enw i yw Caryl a dwi'n anobeithiol yn y Gymraeg. Mae hi'n ddeng mlynedd ers fy ngwers gyntaf.'

Er hynny, ar ôl y wers, wnaeth Siwan ofyn i fi fynd am Ddysgwr y Flwyddyn – fi! Do'n i ddim yn gwybod beth i ddweud. Heblaw am *You must be joking!* Ond sai'n gwybod sut i ddweud hynny yn Gymraeg. 'Cellwair yr wyt ti,' yn ôl fy ngeiriadur idiomau.

'Jest ystyria'r peth,' meddai Siwan. Ro'n i gorfod edrych lan y gair 'ystyria' hefyd, felly doedd e ddim yn *good start*.

'Cofia, mae'r Eisteddfod yn dod i Drebedw eleni, felly fydd dim rhaid i ti deithio.'

'Nid teithio yw'r broblem.'

'Wel. Os wyt ti'n penderfynu mynd amdani, dwi'n fodlon rhoi gwersi ychwanegol i ti er mwyn dy helpu.'

Roedd hi'n frwd iawn … sy'n gwneud i fi deimlo'n amheus. Dylen i deimlo'n falch, sbo. Efallai dwi'n well yn Gymraeg na dwi'n meddwl. Dwi bendant ddim mor wael â Clive, druan. Mae Clive wedi bod yn dysgu Cymraeg ers amser hir iawn. Yn anffodus, does dim gobaith iddo. Yn enwedig gyda Siwan fel athrawes. Dwi ddim yn deall pam bod Clive yn hoffi Siwan cymaint. Mae e'n rhoi anrheg iddi hi bob gwers. Wythnos yma, rhoddodd faro anferth iddi. Doedd hi ddim yn edrych yn ddiolchgar. Fe roiodd hi'r llysieuyn o dan ei desg fel petai hi'n cael gwared â chewyn drewllyd.

'Heddiw,' dwedodd hi, 'rydyn ni'n trafod ein hobïau ac anifeiliaid anwes. A oes anifail anwes gyda ti, Clive?'

'Roedd.'

'*Oes.*'

Troiodd hi at y bwrdd gwyn a dechrau sgwennu brawddegau Clive.

'Oes. Roedd gyda fi cath …' meddai Clive.

'Oes, mae cath gyda fi,' cywirodd Siwan wrth sgwennu.

Dechreuodd lygaid Clive droi'n llaith. Doedd Siwan ddim wedi sylwi. Roedd hi'n rhy brysur yn sgwennu ar y bwrdd.

'A … beth yw enw'r gath?' gofynnodd hi.

'Enw cath fi yw Dewi.'

'Enw *fy nghath i* yw Dewi.'

'Lorri yn bwrw Dewi.'

'*Gwnaeth* lorri *fwrw* Dewi.'

'Mae Dewi yn marw.'

'*Bu farw* Dewi.'

'Dwi'n trist.'

'Dwi'n *drist*. Da iawn, Clive!'

Trodd Siwan rownd a gweld pawb yn syllu arni'n syn. Fe stopiodd hi wenu.

'Mae'n ddrwg gen i glywed am dy golled, Clive,' meddai hi yn sydyn. 'Beth amdanat ti, Gwynfor? Oes anifail anwes gyda ti?'

'Oes. Mae ci gyda fi. Enw'r ci yw Mostyn. Dwi'n cerdded gyda Mostyn yn y goedwig ar y – beth yw "common"?'

'Comin.'

'Ar y comin. Ambell waith, dwi'n gweld Peter ar y comin hefyd.'

Roedd Peter yn edrych yn syn. Na. Roedd Peter yn edrych yn llechwraidd. (Gair newydd yw hwnna. *Shifty* reit mae'n meddwl.)

'Oes ci gyda ti hefyd, Peter?' meddai Siwan.

'Nag oes,' meddai fe a throi'n goch fel tomato. Ro'n i'n methu peidio chwerthin.

Ro'n i'n gweithio gyda Glesni wythnos yma. Mae hi mor ddiflas. Roedden ni'n ymarfer yr amser gorffennol. Gofynnais i: 'Beth wnest ti neithiwr?' Ches i ddim cyfle i ddweud unrhyw beth arall. A dweud y gwir, sai'n deall lot o beth mae Glesni yn ei ddweud. Mae hi'n rhy dda ar gyfer ein dosbarth ni a dweud y gwir. Mae hi'n defnyddio geiriau mawr fel 'pwyllgor', 'camddealltwriaeth' a 'gorchymyn'. O beth dwi'n deall, mae hi'n trefnu cyngerdd elusen ac mae hi eisiau i Shân Cothi ganu. Roedd hi'n cael trafferth mawr cael gafael ar Shân Cothi a rhywsut, roedd yr heddlu wedi cael eu galw. Felly, pan oedd hi'n amser i fi ddweud wrth y dosbarth am noson Glesni, dyma beth ddwedais i:

'Mae gan Glesni *girl crush* ar Shân Cothi ac mae hi wedi bod yn *stalko* hi. Mae'r heddlu yn dweud does dim hawl gyda Glesni fynd o fewn milltir i dŷ Shân Cothi.'

Roedd Glesni mewn ffwdan fawr.

'No, no, that's not what I – dyw hynny ddim yn gywir!'

Ond doedd neb yn gallu ei chlywed hi dros sŵn y chwerthin. Ambell waith, dwi'n rili joio fy ngwersi Cymraeg!

Ar ôl hynny, roedd rhaid i ni wylio fideo o Siwan yn *Pobol y Cwm* tua 2005. Roedd ei gwallt fel Posh Spice. Gofynnodd hi gwestiynau am y clip.

'Jemma,' meddai, 'pa fath o berson yw Erin?'

'Hurt?' meddai Jemma.

'Pert?' meddai Siwan.

'Na, hurt! Twp.'

'O. Pam?'

'Mae hi ddim yn dysgu.'

'*Dyw* hi ddim yn dysgu.'

'Mae hi'n dewis dyn drwg pob tro.'

'Efallai ei bod hi jest yn anlwcus. *Unlucky*.'

'How do I say: "She needs to accept what the universe is offering her"?'

'Mae eisiau iddi hi dderbyn yr hyn mae'r bydysawd yn ei gynnig iddi.'

'Yeah – that. Efallai Mr Iawn – ym, Mr Perffaith? – yn reit o flaen ei llygaid.'

'Did you pay her to say that, Clive?' meddai Peter.

Trodd wyneb Siwan yn goch.

'Reit, wel,' meddai hi. 'Nesaf, dwi eisiau i chi ddisgrifio'r bobl yn y dosbarth. Er enghraifft, mae Gwynfor yn dal, ond mae Glesni yn fyr. Allwch chi feddwl am fwy o ansoddeiriau – *adjectives*?'

Awgrymodd Sangita 'caredig' – *kind*; wedodd Peter 'hyderus' – *confident*. Wedyn daeth tro Glesni.

'Beth yw "obstreperous" yn Gymraeg?' gofynnodd hi.

Wnaeth hyd yn oed Sangita rolio ei llygaid.

'Swnllyd,' meddai Siwan.

Roedd hynny yn gwneud i fi wenu. Does dim byd ymhongar – *pretentious* – am y Gymraeg. Heblaw am y gair 'ymhongar', efallai. Doedd Glesni ddim yn hapus gyda'r cyfieithiad 'swnllyd'. Roedd hi'n edrych yn ei geiriadur anferth.

'Afreolus, neu annosbarthus, yn ôl yr ysgolhaig Bruce Griffiths,' meddai hi.

Roedd ceg Siwan fel pen-ôl cath.

'Ie, wel, pob lwc wrth ddefnyddio "afreolus" yn y Cyfeillion heno,' meddai hi. Sgwennodd hi sawl ymadrodd ar y bwrdd. Roedden ni'n gorfod cymryd ein tro i lenwi'r bylchau.

Aeth Sangita'n gyntaf.

'Mae Peter yn olygus ac mae Caryl yn ddoniol,' meddai hi.

Dwi'n hoffi Sangita. Tro Gwynfor.

'Mae Sangita yn well na fi yn y Gymraeg.'

Tro Peter.

'Mae Jemma yn dal ond mae Gwynfor yn dalach fyth.'

Dim ond un frawddeg oedd ar ôl. Fy nhro i oedd hi. Ro'n i'n teimlo'n euog am beth wedais i am Glesni a'r busnes Shân Cothi.

'Glesni yw'r mwyaf … beth yw "brainy" yn Gymraeg?' gofynnais.

Cyn i Siwan cael cyfle i ymateb, wnaeth Glesni dorri ar draws.

'Galluog,' meddai hi, yn smyg iawn.

'Dwi 'di newid fy meddwl,' dwedais i. 'Beth yw "annoying" yn Gymraeg?' Rhoiodd hynny daw arni.

Pan gyrhaeddais i adre am hanner awr wedi naw, roedd Cai a Lili'n eistedd o flaen y teledu yn bwyta grawnfwyd tra oedd eu tad yn chwyrnu ar y soffa. Roedd y stafell fyw yn edrych fel tase byrgleriaid wedi bod wrthi. Wnes i wylltio'n gacwn. (Diolch i ti, lyfr idiomau, am y perl hwnnw!)

'Siôn!' sgrechiais.

Neidiodd fy ngŵr i fyny fel tase tân dan ei din.

'Beth?'

'Pam dyw'r rhain ddim yn y gwely?'

'Ro'n ni jest ar y ffordd! Wedes i gallen nhw gael un bennod arall o Sam Tân …'

'Cai! Lili! Lan i'r gwely. Nawr.'

Ar ôl i ni roi'r plant yn y gwely a thacluso'r tŷ, ro'n i'n barod am fy ngwely fy hun.

'Mae'n flin 'da fi am heno,' dwedodd Siôn wrth gwtsho lan ata i. 'Ges i ddiwrnod gwael yn y gwaith.' Mae Siôn yn gwybod yn iawn sut i wneud i fi deimlo'n euog. Ond tra mae e'n diffodd tân – yn llythrennol – mae llawer o danau bychain i fi ymladd yn eu herbyn nhw gartre hefyd.

'Siôn. Wyt ti wir eisiau i fi ddysgu Cymraeg?'

'Wrth gwrs bo fi!'

'I ti dwi'n neud yr holl ymdrech, ti'mod. Fe fyddai'n lot haws i fi droi at Saesneg gyda'r plant.' Roedd ei wyneb yn edrych fel tasen i wedi rhoi clatsien iddo fe.

'Mae'r ffaith dy fod ti'n dysgu Cymraeg yn neud i fi dy garu di'n fwy nag erioed.' Am ddyn tân, mae Siôn yn rêl hen soffti.

'Wnaeth Siwan ofyn i fi fynd am Ddysgwr y Flwyddyn eleni.'

'Wir? Mae hynny'n anhygoel!'

'Ti'n meddwl?'

'Yn bendant! Mae'n syniad ffantastig! Wrth gwrs, bydd rhaid i ti weithio'n galed iawn.'

'Diolch.'

'Jest dweud ydw i – bydd cryn gystadlu amdano …'

'Ti ddim yn meddwl fy mod i'n gallu neud e?'

'Ydw. Dwi'n meddwl galli di, os wyt ti'n gweithio'n galed.'

'Wel, 'te. Wna i *ystyried* y peth. Ond cofia, os ti wir eisiau i fi ddysgu Cymraeg, mae'n rhaid i ti fy cefnogi fi'n well.'

'Sori – ti sy'n iawn. Fe wna i.'

Trois drosodd yn barod i gysgu.

''Nghefnogi.'

'Mmm?' mwmiais i.

'Rhaid i ti fy *nghefnogi* i'n well. Treiglad trwynol ar ôl *fy* …'

Eisteddais i lan yn y gwely a'i fwrw fe gyda fy ngobennydd.

'Treigla hynny!' ebychais i.

*

Rhaid bod Siôn yn teimlo'n euog, achos pan gyrhaeddais i adre o'r *school run* bore trannoeth, roedd anrheg yn aros amdana i ar ford y gegin: geiriadur anferth fel yr un sy gyda Glesni. *Geiriadur yr Academi*, wedi ei olygu gan yr ysgolheigion Bruce Griffiths a Dafydd Glyn Jones. Mae'n rhaid bod Siôn wedi rhedeg mas peth cyntaf bore 'ma i'w brynu ar ei ffordd i'r gwaith. Roedd e wedi sgwennu y tu mewn i'r clawr, 'I'm hannwyl wraig, sy'n dysgu Cymraeg.' Fe ddwedais i taw hen soffti yw Siôn, on'd do?

Tra oedd Lili'n cael cwsg canol dydd, fe wnes i ddefnyddio fy ngeiriadur newydd i wneud fy ngwaith cartref, sef ysgrifennu traethawd am 'Pam rydw i'n dysgu Cymraeg'. Mae Brucie a finnau'n gyrru ymlaen yn dda iawn. Mae e wedi dysgu tri gair newydd i fi yn barod – 'cyfrifoldeb', 'cywilydd' a 'cenhedlaeth'.

'Mae cywilydd gyda fi am y ffaith fy mod i'n Gymraes ond dwi'n methu siarad Cymraeg. Mae cyfrifoldeb arnon ni i basio'r iaith ymlaen at y genhedlaeth nesaf.'

Ro'n i'n falch iawn o'r brawddegau hynny. Lwc owt, Glesni! Mae cystadleuaeth 'da ti! Ar ôl i fi orffen fy ngwaith cartref, ro'n i'n teimlo'n eithaf hyderus. Efallai fydda i'n mynd am Ddysgwr y Flwyddyn wedi'r cwbl! Wedyn wnes i gofio am y noson rieni'r noson honno.

Dwi'n casáu noson rieni. Dwi wastad yn teimlo fel merch fach ddrwg yn cael fy nghadw mewn ar ôl ysgol. Dwi'n rhy swil i siarad Cymraeg a dwi'n rhy browd i siarad Saesneg, felly fel arfer dwi'n gwenu a nodio a gadael i Siôn siarad. Wedyn, dwi'n aros nes ein bod ni gartre ac yn gofyn i Siôn beth ddwedodd yr athrawes. Ond erbyn pum munud wedi pump, doedd Siôn ddim wedi cyrraedd yr ysgol. Dyna'r drafferth pan chi'n briod â dyn tân – chi'n methu bod yn grac os yw e'n hwyr o'r gwaith, achos mae e wedi bod yn achub bywyd rhywun! Sôn am *Get out of jail free card*.

Ro'n i'n eistedd yn y stafell aros yn ceisio cadw Lili'n dawel drwy stwffio cacennau reis i'w cheg. Roedd crwt o'r enw Ifan yn eistedd yna pan gyrhaeddon ni, a dechreuodd e a Cai chwarae yn syth. Rwyf wedi clywed lot am Ifan ers iddo fe ddechrau yn yr ysgol y tymor diwethaf, ond sai byth wedi cwrdd ag e o'r blaen. Mae e tipyn bach yn hŷn na Cai, felly mae Cai yn meddwl bod yr haul yn codi yn nhwll ei din.

'Ble mae dy fam, Ifan?' gofynnais i.

'Yn fan 'na,' dwedodd e, wrth bwyntio at ddrws gwydr y swyddfa.

'Mrs Wigley yw dy fam?'

Fe nodiodd yn swil.

Ar y gair, agorodd drws Mrs Wigley a daeth rhieni Sali Dafis mas. Dechreuodd fy nghalon guro fel drwm. Roedd yr athrawes yn cerdded tuag ataf i ac yn gwenu. Ro'n i'n gweiddi yn fy mhen, 'Ble yn y byd wyt ti, Siôn?', ond roedd hi'n rhy hwyr; roedd rhaid i fi fynd mewn i siarad â Mrs Wigley … ar fy mhen fy hun!

Caryl

Dylen i egluro. Mae Mrs Wigley yn fenyw glên – mae Cai yn dwlu arni hi. Ond mae hi'n Gog. Mae siarad Gog fel Kryptonite i ddysgwraig o Hwntw! Bob bore, mae hi'n sefyll wrth gât yr ysgol yn croesawu'r plant, a phob bore dwi'n dredio gorfod siarad â hi. Mae hi'n siarad mor glou ac yn dweud pethau fel 'efo' a 'fuan', ''ndo' a 'rŵan', sy jest yn 'nawr' wedi'i sillafu o chwith. *What's that about?* Ta beth. Mae'n swnio fel iaith arall i fi. I wneud pethau'n waeth, mae hi'n dal ac yn ifanc ac yn *glamorous*, beth bynnag ydy hynny yn y Gymraeg – glamoraidd, yn ôl Brucie. Dwi'n troi lan wrth gatiau'r ysgol fel morfil mewn tracsiwt ac mae hi'n sefyll yna'n dwt ac yn bert heb flewyn o'i le.

Felly mewn â fi i swyddfa Mrs Wigley a Lili ar fy nghôl. Doedd y sgwrs ddim yn dechrau yn dda. Roedd Mrs Wigley yn parablu ata i – rhywbeth ambythdu babi yn dod 'yn fuan'. Mae'n rhaid bod fy wyneb yn edrych yn ddi-glem, achos wedodd hi,

'Mrs Evans, a hoffech chi gael y sgwrs 'ma yn Saesneg?'

'Nac ydw. I mean, nag oes! I mean, hoffwn i ddim! I mean NA HOFFWN!' Ro'n i'n gweiddi erbyn hyn.

'Mae'n ddrwg gen i,' dwedodd hi, 'do'n i ddim isio deud … hynny yw …' Aeth hi'n goch i gyd. Aeth Lili yn goch i gyd hefyd. Yn amlwg, roedd hi'n llenwi ei chewyn.

Roedd Mrs Wigley'n siarad fel peiriant saethu ar ôl hynny. Fe hedfanodd geiriau fel 'aflonyddgar' a 'blêr' dros fy mhen. Doedd dim clem gyda fi beth roedd hi'n ei ddweud. Ro'n i'n ceisio canolbwyntio, ond ges i'r teimlad ei bod hi eisiau gorffen y sgwrs cyn gynted â phosib. Doedd e ddim yn helpu bod y stafell yn llenwi â drewdod Lili, oedd wedi dechrau llefain erbyn hyn. Stwffiais i gacen reis arall yn ei cheg.

'Dyna fo. Oes gynnoch chi unrhyw gwestiynau?' holodd Mrs Wigley.

'Nac ydw. I mean, nag oes.' *Blydi hel. Ddim eto!*

Des i mas o'r cyfarfod yn teimlo fel twpsyn llwyr. Dylen i jest fod wedi gofyn iddi siarad Saesneg. Neu siarad yn araf. Pam ydw i mor blincin ystyfnig? Erbyn i ni ddod 'nôl i'r stafell aros, roedd Cai ac Ifan yn ymladd ar y llawr.

'Cai! Stopia hynny. Mae'n amser mynd adre,' dwedais i.

Fe droiodd Siôn i fyny'r foment honno.

'Sori 'mod i'n hwyr!' Ro'n i'n rhy grac i edrych arno fe.

'Helô, Mr Evans, Mrs Wigley ydw i – fi ydy athrawes Cai.'

'Dad! Mam!' dwedodd Cai. 'Mae Ifan wedi bod yn fy nysgu i i siarad Gog!'

'Da iawn, beth wyt ti'n gallu 'i weud, 'te?' gofynnodd Siôn.

'Iawn, cont?'

'Did he just say what I think he said?' dwedais i.

'Do …' dwedodd Siôn, gan geisio peidio chwerthin.

Roedd wyneb Mrs Wigley yn wyn fel y galchen. Efallai nad yw hi mor berffaith wedi'r cwbl.

Gwynfor

Noson arall gyda'r criw brith. Y gwir yw, fi yw'r unig un sy'n normal. Wel, fi a Sangita, efallai. Mae hi'n feddyg – person proffesiynol fel finnau. Heblaw amdanom ni, mae Clive, garddwr hanner call; Jemma 'gyda J', sy'n meddwl ei bod hi'n hipi; Glesni, hen fusneswraig gydag obsesiwn am Shân Cothi; Caryl, sy'n anferth o feichiog ac yn drewi fel cymysgedd o gyfog a Dettol, a Peter. Wel, mwy amdano fe wedyn. Tase Enfys ddim wedi mynnu ein bod ni'n siarad Cymraeg â'n gilydd, fe fydden i wedi rhoi'r gorau i'r gwersi Cymraeg amser maith yn ôl. I ti Enfys, y byd … a gwersi Cymraeg.

Roedd pawb yn siarad yr wythnos yma am y noson gwis yn y Cyfeillion. Daeth tîm 'Y Dysgwyr' yn olaf ond un. Er hynny, roedd hi'n noson hwyliog. Uchafbwynt y noson oedd pan aeth Jemma (yr hipi) at y bar ac archebu 'Coc gyda digon o ryw ynddo'. Roedd Wynfford, y barman, yn chwerthin fel ffŵl. Rhoddodd rownd o ddiodydd i ni am ddim! Wedyn prynodd Clive botel o siampên i ni. Siampên! Mae'n rhaid bod gwaith garddio'n talu'n dda iawn. Erbyn hanner awr wedi naw, roedd hyd yn oed Glesni'n tipsi. Wnes i ddarganfod rhywbeth – ar ôl cwpl o beints, dwi'n gallu siarad Cymraeg yn rhugl! Ro'n i'n ysu i ddangos hynny i Enfys. Ffoniais i hi, ond roedd ei ffôn hi off. Mae ei ffôn hi wastad yn rhedeg mas o bŵer. Felly, es i rownd i'w thŷ ar ôl bod yn y dafarn. Doedd hi ddim yn hapus i fy ngweld i. Roedd hi'n cynnal noson *bridge* ar gyfer Merched y Wawr.

'Dere 'nôl pan ti'n siarad sens!' meddai hi. Ro'n i'n teimlo'n wael bore trannoeth. Es i rownd gyda thusw o irisau – ei hoff flodau – i ymddiheuro. Roedd y blodau'n ddigon i fi gael gwahoddiad i'r tŷ, ond roedd Enfys dal yn grac 'da fi. Dyw hi ddim yn hoffi alcohol.

'Dwi wedi colli un gŵr i glefyd yr afu. Dwi'n rhy hen i fynd trwy'r holl fusnes 'na eto.'

'Mae mor flin 'da fi, Enfys,' dwedais i. 'Af i adre.' Pan drois i i fynd, sylwodd hi ar y pad nodiadau yn fy llaw.

'Beth sy 'da ti fan 'na?'

'O, dim byd … O'n i'n gobeithio cael dy gymorth gyda fy ngwaith cartref, ond paid â becso.' Gweithiodd fy nhacteg i'r dim.

'O, dere 'ma'r hen ffŵl. Rho di'r tegell 'mlaen a gaf i bip dros dy Gymraeg di.'

Fe wnes i fel y gofynnodd hi. Tra o'n i yn y gegin yn chwilio am yr Hobnobs siocled, ro'n i'n gallu ei chlywed hi'n ochneidio dros fy nhraethawd 'Pam rydw i'n dysgu Cymraeg'. Ro'n i'n gobeithio gyda fy holl nerth ei bod hi ddim yn ochneidio dros safon yr iaith. Dyma beth ysgrifennais i:

> Ro'n i'n siarad Cymraeg pan o'n i'n grwt. Ges i fy magu yn Nhrebedw. Ro'n i'n un deg chwech pan welais i Enfys yn canu gyda chôr y capel. Doedd neb ond hi i fi ar ôl hynny. Roedden ni'n sboner a wejen am ddeunaw mis. Ond roedd fy mam yn

disgwyl pethau mawr wrtha i. Es i bant i brifysgol yng ngogledd Lloegr. Ysgrifennais at Enfys bob dydd. Ar ôl blwyddyn, fe stopiodd hi ymateb. Clywais i wrth fy mam bod Enfys wedi priodi Deiniol Death, y trefnwr angladdau lleol. Wnes i bron â thorri fy nghalon. Doedd dim pwynt dod yn ôl i Gymru ar ôl hynny. Collais i fy mamiaith yn gyfan gwbl. Ond ddim Enfys. Wnes i byth anghofio amdani hi. Wnes i ymuno â'r heddlu yn Lerpwl. Priodais i Helen. Gethon ni dair merch a thri deg mlynedd hapus gyda'n gilydd. Ar ôl i fi ymddeol, bu farw Helen. Ro'n i ar fy mhen fy hun eto. Prynais i Mostyn y sbaengi yn gwmni i fi – hen gi heddlu sydd wedi ymddeol, fel fi. Ar ôl cwpl o flynyddoedd, penderfynodd Esther, fy merch hynaf, ei bod hi'n amser i fi ddechrau dêtio. Ond mae popeth ar-lein erbyn hyn. Roedd lot i fi ddysgu. Prynais i laptop. Ges i gwrs carlam wrth Esther. Wnes i ymuno â sawl gwefan: Friends Reunited, Uniform Dating a match.com. Es i mas ar ddêt cwpl o weithiau, ond gwrddais i â neb diddorol. Rhai misoedd wedyn, ges i neges ar Friends Reunited wrth Enfys_Jenkins51:

Ai hwn yw'r un Gwynfor Griffiths wnaeth dorri fy nghalon yn 1969? ; -)

Neidiodd fy nghalon innau. Ro'n i'n nabod ei hwyneb ar ei phroffil yn syth. Roedd arna i gywilydd dweud ro'n i'n methu siarad Cymraeg. Roedd rhaid i fi ymateb yn Saesneg. Wnaethon ni siarad ar-lein am gwpl o fisoedd ac o'r diwedd, daethon ni at y gwir ... pedwar deg saith mlynedd yn rhy hwyr.

Y tro hwnnw y dwedodd Mam fod Enfys wedi priodi Deiniol Death, aeth hi rownd i dŷ Enfys gyda'r newyddion fy mod i wedi priodi rhyw blismones yn Lerpwl. Celwyddau i gyd!

Does dim pwynt bod yn grac 'da Mam erbyn hyn. Fe fuodd hi farw tri deg mlynedd yn ôl yn un peth, a bu llawer tro ar fyd oddi ar hynny. Beth sy'n bwysig yw, wnes i ag Enfys ddod at ein gilydd o'r diwedd. Pan gwrddon ni am y tro cyntaf, ro'n i ar bigau'r drain! A fydde hi'n fy adnabod i? A fydda i'n ei siomi hi? Ond roedd hi fel tasen ni erioed wedi colli cysylltiad. Roedden ni'n chwerthin ac yn jocian nes i'r blynyddoedd gwympo i ffwrdd.

Wnaeth Enfys ddod â llythyr caru ysgrifennais i ati bum deg mlynedd yn gynt. Ro'n i'n nabod fy llawysgrifen fy hunan ond ro'n i'n methu darllen gair. Dyna pam dwi yma, 'nôl yng Nghymru, 'nôl yn yr ysgol, yn ceisio ailddysgu Cymraeg. Dwi'n methu crafangu'r blynyddoedd colledig yn ôl, ond dwi'n gallu adennill fy iaith. Dwi am gipio calon y fenyw gollais i, a'r tro 'ma, fydda i byth yn gadael iddi fynd …

Pan es i mewn i'r stafell fyw gyda'r te a'r bisgedi, roedd Enfys yn ei dagrau. Cyn gynted ag y rhois yr hambwrdd i lawr, taflodd ei breichiau o 'nghwmpas gan roi cusan glec ar fy ngwefus. Dwi'n credu ei bod hi wedi maddau i fi.

Aethon ni mas y prynhawn hwnnw i brynu ffôn symudol newydd iddi – un sy'ddim yn rhedeg mas o fatris mor gyflym.

Gwynfor

'Dim byd ffansi nawr, Gwynfor,' meddai Enfys. 'Dydw i ddim angen *gizmos* a wijits …' Wel, dyna beth ddwedodd hi cyn iddi ddarganfod y posibiliadau. Wnes i ddangos iddi sut byddai hi'n gallu gwneud galwadau fideo, sut mae tynnu lluniau, yr Ap Store – mae hyd yn oed ap *bridge* ar gael. Ar ôl hynny, 'co ni off!

'Efallai ddylen i gael yr un pum modfedd,' meddai Enfys. 'Www, 'drycha! Mae'n dod mewn pinc …'

Cerddon ni mas o'r siop gyda'r model gorau sydd ar gael.

'Nawr ni'n coginio gyda niwl, Enfys fach!' dwedais i. 'Croeso i'r unfed ganrif ar hugain!' Mae hi wedi addo cadw ei ffôn newydd ymlaen, a dwi wedi addo peidio dod rownd i'w thŷ heb ffonio gyntaf.

Yn y dosbarth Cymraeg wythnos yma roedd rhaid i ni wylio hen bennod o *Pobol y Cwm* – fel arfer. Roedd Siwan yn eithaf pert yn ei hanterth; deng mlynedd yn ôl, deg pwys yn ysgafnach! Roedd ei chymeriad hi – Erin – yn cael ei harestio am ladrata o siop. Roedd dull yr heddlu ar y rhaglen yn hollol anghywir. Hanner ffordd trwyddo ges i decst wrth Enfys. Mae hi wedi cymryd at ei ffôn newydd yn frwd. Mae camera pitw bach arno, ac mae hi wedi dechrau hala *selfies* ata i. Roedd Glesni'n trio gweld dros fy ysgwydd – Miss Trwyn-ym-mhopeth! Roedd rhaid i fi wasgu 'dileu' yn glou. Jiw, jiw, mae Enfys yn sosi. Mae hi'n gwneud i fi deimlo'n 18 yn lle 66!

Ar ôl y fideo, roedd rhaid i ni weithio mewn parau i'w drafod. Gweithiais i gyda Peter. A dweud y gwir, ro'n i eisiau gweithio gyda fe. O'r holl misffitiaid yn y dosbarth, fe yw'r un do'n i ddim wedi gweithio mas eto. Dwi wedi ei weld e lan ar y comin sawl gwaith. Does dim ci gyda fe. Dyw e ddim yn rhedeg. Dyw e ddim yn edrych fel y math o berson sy'n gwylio adar chwaith. Mae rhywbeth ar y gweill gyda fe, credwch fi. Dwi'n gallu arogli'r pethau yma ar ôl pedwar deg mlynedd gyda'r heddlu.

Dyma sut aeth ein sgwrs:

'Beth wyt ti'n neud yn dy amser sbâr?' gofynnais i.

'Dwi'n joio coginio. Dwi'n hoffi bwyd ffres, lleol ...'

'A beth *arall* wyt ti'n neud? Tu fas i'r tŷ?'

'Dwi'n gofalu am fy alpacaod. Yr unig alpacaod yng Nghymru,' meddai Peter yn falch iawn.

'Mae'n flin 'da fi weud, ond mae alpacas gyda Tegwyn Talog,' dwedais i. Roedd golwg arno fel tase gwynt cas o dan ei drwyn.

'Alpacaod,' meddai fe, 'nid alpacas.'

'Ydych chi'n mynd â'r alpacaod i bori ar y comin, efallai?' gofynnais.

'*Ti*. Dwi'n iau na ti.'

'Surely you mean, '*Dwi'n iau na CHI*,' meddwn i. (Ha! *Touché!*)

Unwaith eto. Gwynt cas o dan ei drwyn.

'Nac ydw. Dydw i ddim yn mynd â'r alpacaod i bori ar y comin. Mae hynny yn erbyn y gyfraith.'

Daeth Siwan draw.

'Pam ydych chi'n trafod alpacaod, chi'ch dau?! Fe ddylech chi drafod pam ydych chi eisiau dysgu Cymraeg.'

'Sori,' dwedais i. 'Pam wyt ti'n dysgu Cymraeg, Peter?'

'Wel, mae honna'n stori ddifyr iawn ...' Doedd hi ddim, wir. Roedd e'n dal i siarad pymtheg munud wedyn. Mewn byr eiriau, mae'n cwrso syniad *The Good Life*. Roedd Peter yn arfer gweithio fel banciwr buddsoddi (dwi'n meddwl bod tipyn o arian gydag e). Wedyn roedd e'n sâl (straen gwaith), felly penderfynodd newid ei fywyd. Roedd e'n arfer dod i Sir Gâr ar wyliau yn ystod ei blentyndod. Prynodd dyddyn yn Llanarthne a dechreuodd fridio alpacaod. Pam alpacaod? Pam lai? Mae pawb yn y pentref yn siarad Cymraeg. Mae Peter yn dweud bod siarad Cymraeg yn dda ar gyfer busnes. Mae e'n mynd i briodi ei bartner mis nesaf ar y fferm. Mae e eisiau neud ei lwon priodas yn y Gymraeg. Yn anffodus, wnaeth Enfys hala cwpl o negeseuon testun ata i tra oedd Peter yn siarad. Wnes i droi fy ffôn at 'mud' ond roedd yn dal i grynu.

'Do you need to get that?' meddai Peter yn sur.

Wnes i hala tecst at Enfys. *Methu siarad nawr. Dosbarth Cymraeg.*

'Sori. Ydy dy bartner yn Gymraes?' gofynnais i Peter.

'Nac ydy,' meddai fe, 'un o Awstralia.'

'A beth yw enw'r briodferch-i-fod?'

'Jake,' dwedodd e.

'Hyfryd,' dwedais i. Dwi'n ddyn o'r byd.

Erbyn diwedd y wers, roedd fy ffôn i'n crynu eto.

'Someone's popular tonight,' meddai Caryl.

'Lluniau! Mae rhywun yn hala lluniau ato fe,' ebychodd Glesni'n wyllt.

Dwi'n meddwl taw hi yw'r wrach, nid Jemma gyda J.

'Come on then, what's so very interesting, Big G?' meddai Peter, gan gipio fy ffôn.

'Neges wrth Enfys,' darllenodd. 'Dere draw ar ôl dy

ddosbarth Cymraeg a dere â'r gefynnau gyda ti! xXxXx. Beth ydy "gefynnau"?'

'Handcuffs!' meddai Siwan.

Roedd ceg Peter fel ceg pysgodyn. Ro'n i'n teimlo'n eithaf smyg a dweud y gwir. Pwy yw'r hen sychyn nawr, meddyliais i.

*

Fore trannoeth, ro'n i mas yn y goedwig gyda Mostyn. Rydyn ni'n joio codi gyda'r ehedydd, pan mae'r awyr yn iach a'r gwlith yn dal i befrio dros y glaswellt. Roedd Mostyn yn chwilota am wiwerod ac ro'n i'n rhuthro ar ei ôl e pan ges i gip o ben melyn yn y prysgwydd. Wrth i fi agosáu, ro'n i'n adnabod ei siaced cynllunydd – Peter oedd e. Welodd e ddim ohono i, felly penderfynais ei wylio am ychydig. Roedd e'n plygu lawr yn y llwyni, ar ei bedwar. Wnes i sleifio tu ôl iddo fe i geisio gweld beth yn y byd roedd e'n ei wneud. Yr eiliad honno, llamodd Mostyn tuag aton ni yn llyfedu ac yn randibŵ i gyd. Doedd dim gobaith gen i guddio nawr – roedd rhaid i fi wynebu'r dyn yn ddigywilydd.

'Helô, Peter!' mentrais.

'Gwynfor! What the …!'

Fe gollodd Peter ei falans a chwympodd ar ei gefn fel chwilen. Roedd Mostyn yn dechrau ysgyrnygu – mae e'n nabod cnaf pan mae e'n ffroeni un.

'Mae'n flin 'da fi godi braw arnat ti,' dwedais i wrth gynnig help llaw iddo godi. Roedd e'n cochi at ei glustiau.

'Beth sy yn y fasged, Peter?' gofynnais i.

'Dim byd.'

'Dyw e ddim yn edrych fel dim byd,' dwedais i, gan godi'r fasged. 'Mae'n edrych fel …'

Yn anffodus, do'n i ddim yn gwybod y gair yn Gymraeg.

'Madarch?' meddai Peter wrth godi.

'Madarch?'

Ro'n i'n syfrdan. Nid dyna beth ro'n i'n disgwyl iddo fe'i ddweud.

'Dwi'n … *foraging*. It's all the rage. Mae'r *chefs* i gyd yn neud e. Wyt ti'n gwybod faint mae'r madarch yma'n costio yn Llundain?' meddai Peter.

Ysgydwais fy mhen yn fud.

'Lot. Lot fawr.'

Madarch. Wir. Nid yn aml iawn dwi'n cael fy synnu. Mae Enfys yn dod rownd am swper nos yfory. Rydyn ni'n dathlu blwyddyn ers ein dêt cyntaf. Ro'n i'n meddwl coginio rhywbeth arbennig iddi – efallai risotto madarch ffres!

Clive

Rydw i'n hoffi garddio. Rydw i'n tyfu llysiau. Rydw i wedi ennill gwobrau am fy llysiau. Fi sydd berchen maro mwyaf Sir Gâr.

Sangita

Wythnos yma yn y dosbarth Cymraeg, roedden ni'n trafod ein swyddi. Dylen i fod wedi dweud celwydd. Dylen i fod wedi dweud fy mod i'n 'gyfrifydd' neu'n 'gasglwr trethi'. Y funud y dwedais fy mod i'n feddyg, roedd troed Gwynfor ar y ford ac roedd e'n dangos ei gyrn mawr melyn i fi. Ych. Roedd Peter yn awyddus i drafod môl ar ei gefn. Roedd hyd yn oed Caryl – y mwyaf normal o'r criw – eisiau cyngor am asthma ei mab. Wir. Dwedais i'r un peth wrthyn nhw i gyd: os ydych chi'n poeni amdano fe, gwnewch apwyntiad gyda'ch meddyg teulu. O leiaf ges i gyfle i ddefnyddio'r ffurf gorchmynnol.

Roedd Jemma gyda J (mae'r J yn hollbwysig iddi) yn hapus i gynnig ei chyngor i Gwynfor. Mae hi'n dweud ei bod hi'n 'wican', sef gwrach wen. Yn ôl Jemma, mae croen banana yn gallu trin cyrn. Wnaeth hi gynnig gwneud pâr o sgidiau croen banana i Gwynfor! Yn anffodus, wnaeth e wrthod. Trueni. Fe fydden i wedi bod wrth fy modd yn ei weld e'n cerdded o gwmpas mewn pâr o sgidiau croen banana.

Mae Jemma wastad yn gofyn lot o gwestiynau i fi am India: o le rydw i'n dod yn wreiddiol? Ydw i'n nabod hon a'r llall yn Delhi? Dwi'n cymryd ei bod wedi mynd i India ar ryw siwrne i ffeindio ei hun. Mae hi'n edrych fel y math 'na o berson. Mae hi'n gwisgo trowsus sy'n edrych fel pyjamas, mae ganddi styd yn ei thafod ac mae ei gwallt yn edrych fel nyth. Er hynny, mae'n ddigon hoffus. Gweithiais i mewn pâr gyda hi yr wythnos hon. Roedden ni i fod i drafod ein swyddi, ond roedd Jemma dim ond eisiau trafod priodas Peter. Yn ystod y noson gwis, fe gawson ni i gyd gymaint o hwyl – a chymaint o siampên hefyd. Wnaeth Peter roi gwahoddiad i bob un ohonon ni i'w briodas.

'Dwi mor gyffrous!' dwedodd Jemma wrtha i. 'Wyt ti'n gwybod beth wyt ti'n mynd i wisgo?'

'Sari, siŵr o fod,' dwedais i.

'Syniad ffab. Efallai wna i wisgo un hefyd. Hei, Peter. Psst!'

Troiodd e rownd yn syn.

'Peter, pa mor ffurfiol bydd y briodas?' gofynnodd Jemma. 'Oes eisiau het arna i? Neu fydd *fascinator* yn ddigon?'

Roedd Peter yn edrych arni'n hurt.

'Ym, Peter, wyt ti'n cofio gofyn i'r dosbarth cyfan ddod i dy briodas?' gofynnais i.

'Wrth gwrs!' dwedodd e. Glaswenodd. 'Dyw'r briodas ddim yn mynd i fod yn ffurfiol iawn. Os mae'n braf, fe fydd y seremoni lan ar y bryn. Gewn ni *hog roast*, wedyn twmpath yn y sgubor.'

'Bendigedig!' ebychodd Jemma.

'Cofiwch, mae ein rhestr anrhegion ni gyda Harrods,' ychwanegodd Peter.

Tro Jemma i laswenu.

Trodd Peter yn ôl at Gwynfor a throdd Jemma'n ôl ata i.

'Sa i'n credu mewn rhestrau anrhegion,' dwedodd hi. 'Fi'n mynd i roi *the gift of healing* iddynt. Sesiwn *reiki* am ddim.'

Daeth Siwan draw y foment honno gyda'n gwaith cartref o'r wers ddiwethaf. Des i lan â rhyw nonsens am wasanaethu fy nghleifion yn well, ond y gwir yw bod fy mhlant wedi gadael cartref. Os nad ydw i'n mynd mas, mae'n rhaid i fi aros gartref gyda fy ngŵr anfoddog a'i fam achwyngar. Dwi'n gwneud yn siŵr fy mod i'n llenwi pob noswaith gyda gweithgareddau. Ers i'r plant fynd, rwyf wedi rhoi cynnig ar grochenwaith, bol-ddawnsio, Sbaeneg a phlethu cewyll. Yn y diwedd, cyrhaeddais i waelod y pamffled 'Gweithgareddau yn eich Ardal'. Doedd dim byd ar ôl ond 'Welsh' a 'Zumba'. Diolch byth, dwi'n joio'r ddau mas draw. Yn ogystal â hyn, mae fy merch, Diya, wedi priodi Cymro Cymraeg. Mae hi'n dysgu'r iaith hefyd. Rydyn ni'n gallu ymarfer gyda'n gilydd a chwyno am weddill y teulu heb iddynt ddeall gair!

'Sangita, mae'r gwaith yma'n ffantastig,' meddai Siwan yn dawel. 'Wyt ti wedi ystyried mynd am Ddysgwr y Flwyddyn?'

Do'n i ddim yn gwybod beth i'w ddweud!

'Wyt ti wir yn meddwl bydda i'n ddigon da?'

'Yn bendant … gydag ychydig bach o waith. Gallen i gynnig gwersi ychwanegol i ti taset ti eisiau …'

'Efallai …'

'Wel, ystyria'r peth,' dwedodd hi cyn troi at weddill y dosbarth. 'Gwrandewch, bobl! Heddiw, dwi moyn i chi drafod beth oedd y swydd orau neu waethaf i chi ei chael erioed.'

Wedyn treuliodd hi ddeng munud yn sôn am y tro roedd hi'n gorfod neud *sex scene* gyda dyn ag anadl drewllyd.

'Fel actores broffesiynol, wnes i wenu o hyd,' meddai hi. Trodd Caryl ata i.

'Bingo!' dwedodd hi'n dawel bach.

Gan fod Siwan yn hoff iawn o chwarae bingo, mae Caryl a finnau wedi dechrau chwarae gêm slei yn ystod y wers. Bingo Siwan. Mae rhestr o dri ymadrodd gyda Caryl ac mae rhestr o dri ymadrodd gyda fi. Pethau fel:

'Pan o'n i yn *Pobol y Cwm* …'

'Pan o'n i'n chwarae rôl Erin …'

'Fel actores broffesiynol …'

Os yw Siwan yn dweud un o'n brawddegau, ni'n ticio hi ar y rhestr. Y person sy'n ennill yw'r un sy'n ticio'r tair brawddeg i ffwrdd yn gyntaf.

'Mae arnot ti G'n'T i fi,' sibrydodd Caryl.

'Heb y "G"!' atebais i. Mae Caryl wyth mis yn feichiog!

'Beth amdanat ti, Caryl?' gofynnodd Siwan. 'Beth oedd dy swydd orau di?'

'Fy swydd orau oedd fy swydd waethaf hefyd. Wnes i ganu dros – beth yw'r UK?'

'Y Deyrnas Unedig.'

'Wnes i ganu dros – hynny – yn y Eurovision Song Contest.'

'Waw! Dwi wrth fy modd â Eurovision!' gwichiodd Jemma.

'Ble dest ti?'

'Tri deg pump.'

'Mas o …?'

'Tri deg pump.'

Roedd pawb yn chwerthin.

'Dyna pam taw hon oedd fy swydd orau a fy swydd waethaf.'

Druan â Caryl!

'Wyt ti'n canu o hyd?' gofynnodd Siwan.

'Yn anffodus, na. Does gen i ddim amser. Ond dwi'n dysgu cerddoriaeth yn Ysgol Tre Iago.'

'Roedd Glesni'n athrawes hefyd,' dwedodd Siwan. 'Beth oedd dy swydd orau di, Glesni?'

'Uchafbwynt fy ngyrfa i oedd dysgu yng Ngholeg Boneddigesau Cheltenham,' meddai hithau. 'Fe ddysgais i aelodau o'r teulu brenhinol. Does dim hawl gyda fi i ddweud mwy na hynny ...' Roedd hi'n edrych yn falch iawn ohoni ei hun. Gwnaeth Caryl wyneb ffroenuchel tu ôl i'w chefn, ac roedd Siwan yn gorfod newid y pwnc yn gyflym cyn i ni i gyd ddechrau piffian chwerthin.

'Beth oedd dy swydd orau di, Jemma?' gofynnodd Siwan.

'Fy swydd orau i yw fy swydd i nawr. Dwi'n rhedeg caffi yn y dre. Dwi wrth fy modd yn coginio bwyd – beth yw "vegetarian"?'

'Llysieuol,' dwedodd Siwan.

'A beth yw "vegan"?'

'Figan.'

Pesychodd Glesni.

'Yn ôl yr ysgolhaig Bruce Griffiths, "llysfwytäwr caeth" ydy "vegan",' meddai hi.

Ochneidiodd Siwan.

'Figan,' dwedodd hi.

'Dwi wrth fy modd yn coginio bwyd llysieuol a figan,'

dwedodd Jemma. 'Ond mae pethau'n anodd. Mae Costa anferth yn denu fy nghwsmeriaid. Felly, os ydych chi yn y dre, dewch i 'ngweld i. Y Cwtsh yw enw fy nghaffi.'

Ro'n i'n teimlo'n flin dros Jemma, felly es i mewn i'r Cwtsh am ginio drannoeth. Roedd y bwyd yn flasus a rhoddodd hi ddarn o deisen foron i fi am ddim. Chwarae teg iddi! Fel jôc, wnes i ofyn os oedd y gacen yn 'figan' neu'n 'llysfwytäwr caeth'. Dwedodd Jemma rywbeth diddorol iawn.

'Roedd Glesni fel 'na pan ro'n i yn yr ysgol hefyd. *Pedantic*. Beth bynnag ydy "pedantic" yn y Gymraeg.'

'Wnaeth hi ddysgu ti yn yr ysgol?' gofynnais i.

'Do. Ond dyw hi ddim yn fy nghofio i, diolch byth.'

'Jemma,' gofynnais i yn syn. 'Fuest ti i Cheltenham Ladies College?'

'Shhh. Ein cyfrinach ni,' wedodd hi.

Chwiliais i am *pedantic* ar yr ap 'Geiriaduron' ar fy ffôn.

'Yn ôl yr ysgolhaig Bruce Griffiths,' dwedais i, mewn llais fel Glesni, '*pedantic* yw ... pedantig!'

Nid Jemma yw'r unig berson i fi weld tu fas i'r dosbarth Cymraeg yr wythnos hon. Nos Iau oedd hi. Ro'n i'n gweithio yn yr ysbyty – ar fin gorffen fy shifft – a phwy ddaeth mewn ond Gwynfor. Roedd e wedi gwisgo'n smart iawn – hances sidan yn ei boced, crafat, yr holl fusnes. Doedd e ddim ar ei ben ei hunan chwaith. Roedd e'n arwain menyw mewn i'r ysbyty – yr enwog Enfys, tybiais i; hi a'i negeseuon testun anllad. Roedd hi yn ei chwedegau, wedi gwisgo'n ddigon parchus mewn blows a sgert, ond roedd rhosyn yn ei cheg. Roedd hi'n rhwbio yn erbyn coes Gwynfor gyda'i phen-ôl. Dwi'n credu taw'r term cywir yw *twerking*. Roedd hi'n 'twercio' yn yr ystafell aros.

'Gwynfor?' gofynnais i.

'Sangita! Diolch byth taw ti sy 'ma. Mae rhywbeth wedi digwydd i Enfys!'

Wir. Roedd golwg arni hi! Roedd hi'n canu, roedd hi'n dawnsio. A dweud y gwir, roedd hi'n ceisio dawnsio gyda'r stondin pamffledi.

'Gormod i yfed, efallai?' mentrais i.

'Nage. Dyw Enfys ddim yn yfed alcohol o gwbl.'

Fel arfer, bydden i wedi pasio'r ddau at y nyrs ddosbarthu, ond druan â Gwynfor, roedd e'n welw i gyd ac roedd Enfys wedi dechrau datod botymau ei blows.

'Dewch gyda fi, 'te,' dwedais i.

O'r diwedd, llwyddon ni i gael Enfys mewn i stafell dawel lle ges i olwg arni. Roedd ei chalon yn curo'n glou. Roedd ei llygaid fel soseri. Tasen i ddim yn gwybod yn well, fydden i'n dweud ei bod hi ar gyffuriau! Gofynnais i'n ofalus iawn,

'Ydych chi wedi bwyta unrhyw beth anarferol yn ddiweddar?'

'Pen-blwydd ein dêt cyntaf ni yw hi heno,' meddai Enfys. 'Wnaeth Gwynfor goginio pryd o fwyd arbennig i fi. Wyt ti'n gwybod beth roedd e'n gwisgo yn y gegin?'

'Ym, ffedog?' mentrais i.

'Ie. Ffedog,' meddai hi wrth biffian chwerthin. 'Ffedog … a gwên!'

Roedd Gwynfor yn becso gormod drosti hi i fod yn swil.

'Dyw Sangita ddim eisiau clywed am hwnna, Enfys,' meddai e, wrth fwytho ei gwallt.

'Beth wnest ti goginio, Gwynfor?' gofynnais.

'Risotto. Ond doedd dim byd anarferol ynddo fe – winwns, madarch …' Trodd yn wyn fel y galchen. 'Madarch!' meddai. 'Blydi Peter! O'n i'n gwybod ei fod e'n neud rhyw ddrygioni!'

Wnes i hala'r ddau ohonyn nhw adre gyda'r cyngor canlynol: digon o gwsg a dim mwy o fadarch y comin!

Roedd hi braidd yn hwyr erbyn i fi gyrraedd adre. Fe gerddais i mewn i'r stafell fyw a gweld Chatur, fy ngŵr, a'i fam, yn gwylio *University Challenge*. Doedd dim gobaith i fi ddal lan gyda fy holl recordiadau o *Downton Abbey*. Roedd bwrdd bach o'u blaen nhw yn llawn dop o ddysglau pridd a phentwr anferth o *chapatis*. Roedd Chatur wedi llwytho'i blât. Roedd e'n pitsio i mewn i *murgh makhanwala* cyn iddo fe sylwi fy mod i wedi cyrraedd.

'Amma has made my favourite! There's some left in the pan for you,' dwedodd e drwy ei geg orlawn. Roedd darn o *lime pickle* yn sownd ar ei ên fel dafaden gwrach.

'Nothing is too much for my best boy,' meddai Amma.

'The Navier-Stokes equation!' bloeddiodd Chatur at y teledu.

Cerddais i mewn i'r gegin. Roedd gwynt sur *ghee* fel niwl yn yr awyr. Roedd y sinc yn llawn sosbenni, roedd croen llysiau dros y cownteri ac roedd blawd yn llwch mân dros bopeth.

'Croeso adre,' dwedais wrtha i fy hun.

Des i o hyd i fy mwyd i yng ngwaelod sosban ar yr hob. Roedd e wedi sychu'n grimp, ond fe fwytais i fe'n syth o'r sosban ta beth. Wedyn wnes i dorchi fy llewys. Wrth i fi lenwi'r sinc â dŵr a sebon, penderfynais fynd am Ddysgwr y Flwyddyn. Mae'r syniad o noswaith arall mas o'r tŷ yn apelio ata i lot fawr.

*

Fore trannoeth ro'n i'n siarad â Diya ar y ffôn.

'Cer amdani, Mam! Mae dy Gymraeg di'n wych. Dwi'n siŵr byddi di'n ennill!'

'Diolch, cariad! Beth amdanat ti? Pam nad wyt ti'n ei neud e hefyd?' atebais. 'Byddai'n hwyl ei neud e gyda'n gilydd.'

'Ddim eleni. Dwi'n mynd i fod yn rhy brysur …'

'Wyt ti? Pam? Wyt ti wedi clywed 'nôl am y clinic IVF?' gofynnais i'n gyffrous. Torrodd bang anferth ar ein traws ni. Roedd Amma'n taro llawr ei stafell wely gyda'i ffon.

'Sangita! Sangita!'

'Aros eiliad, Diya. Amma! I'm on the phone!'

'This is am emergency, Sangita! I am in so much pain!'

'Sorry Diya, what were you saying? Beth ddwedaist ti?'

'Efallai ddylet ti fynd at Amma …'

'Paid ti â phoeni am Amma. Mae hi'n cael pwl bob tro mae hi'n clywed fi ar y ffôn. Mae gwynt 'da hi, siŵr o fod.'

Ond y foment honno, daeth Chatur lawr y grisiau a'i wyneb yn sobr.

'I think she's having some kind of seizure!'

Gollyngais i'r ffôn a rhedeg lan y grisiau fel mellten. Roedd Amma'n rholio ar ei gwely ac yn crafangu ei bol.

'Amma! Amma! Can you hear me?' gofynnais.

Roedd hi'n griddfan fel anifail gwyllt.

'Oh, my stomach! Oh, the pain!'

'Amma, I need you to try and stay still for a moment so I can examine you.'

'Should I call an ambulance?' meddai Chatur.

'Not just yet. Let me take a look first …'

Mae Amma yn fenyw sy'n 'llond ei chroen', fel maen nhw'n ei ddweud. Mewn gwirionedd, roedd hi'n anodd teimlo unrhyw beth trwy ei bloneg. Felly roedd rhaid i fi wthio'n eithaf caled er mwyn gweld a oedd rhyw fath o *hernia* gyda hi. Penderfynais ei throi hi ar ei hochr er mwyn cael ei gweld hi'n well. Roedd hi'n gweiddi mwrdwr!

'That's it! I'm calling an ambulance!' meddai Chatur.

'Just help me turn her on her side first.'

Roedd Chatur yn ceisio'i winsio hi drosodd gan ddal ei choesau'r tu ôl i'w phengliniau. Roedd y ddau ohonom ni'n gwthio arni â'n holl nerth. Rhaid bod y symudiad hwnnw wedi rhyddhau rhywbeth, achos y foment honno fe darodd hi'r rhech fwyaf erioed! Aeth ymlaen ac ymlaen fel taran. Bob tro ro'n i'n meddwl ei bod hi wedi gorffen, roedd rhyw wich arall yn dod.

'Feel better?' mentrais i ar ôl munud o dawelwch.

Daeth cwac bach o'i thin ac wedyn tawelwch.

'I think I might feel better after a cup of tea and perhaps a small plate of *puttu* …'

'Of course, Amma,' meddai Chatur.

'And maybe a *dosa* or two.'

Roedd hi'n dal i archebu bwyd wrth i fi adael y stafell. Ar y ffordd lawr y grisiau, sylwais i fod y ffôn yn dal i hongian.

'Diya? Are you still there?'

'Ydw! Sut mae Amma? Fe glywais i synau ofnadwy.'

'Ro'n i'n iawn y tro cyntaf. Gwynt. Nawr, beth o't ti ar fin dweud wrtha i?'

'Dim byd. Dwi'n falch bod Amma yn iawn. Mae'n rhaid i fi fynd i'r gwaith nawr.'

Y foment honno, canodd cloch y drws.

'Sori Diya, cariad, mae popeth yn siang-di-fang y bore 'ma!'

'Siang-di-what?'

'Do you like that? I just learned it this week. Dal y lein am eiliad, wnei di? Rhaid i fi ateb y drws.'

'Look, you clearly don't have time for me this morning. I've got to go to work, Mum, I'll speak to you later.'

'Diya! Don't be like that!'

'Mae'n iawn. Cer i ateb y drws. Pob hwyl.'

'Pob hwyl, cariad. Wna i ffonio ti wedyn,' dwedais i, ond roedd hi wedi mynd. Neis iawn wir!

Pan lwyddais i gyrraedd y drws o'r diwedd, ces i sioc o weld dyn a thusw o flodau lle'r oedd ei ben i fod.

'Dr Sangita Persaud?' meddai'r blodau.

'Yes?'

'Delivery for you. Please sign here.'

Fe wnes i – mewn syndod. Pwy yn y byd fyddai'n hala blodau ata i? Fe gaeais i'r drws mewn penbleth nes i fi agor y garden fach oedd yn sownd at y tusw. Gwynfor! Yn diolch i fi am fy nghymorth gydag Enfys a'r madarch drygionus. O leiaf mae rhywun yn fy ngwerthfawrogi i.

Glesni

Enw'r cwrs yw 'Cymraeg i oedolion', ond dydw i heb ddod ar draws cymaint o blant afreolus yn fy myw, a bues i'n dysgu am flynyddoedd. Peidiwch â sôn am yr athrawes. Mae hi wastad yn hwyr ac yn drewi fel bragdy. Wir i chi, fi yw'r unig berson o safon uchel yn y dosbarth! Wel, fi a Peter, efallai. Ro'n i'n arfer meddwl bod Gwynfor yn berson parchus, a Sangita hefyd – tan yr wythnos yma.

Ro'n i yn siop Blodau Brenda, yn trefnu blodau ar gyfer yr eglwys. Mae Brenda yn ffrind mawr i fi. Rydyn ni'n rhannu diddordeb yn ein cymuned leol. Mae hi'n dysgu lot wrth ei gwaith ac mae hi'n dweud y cyfan wrtha i. Yn ôl Brenda, daeth Peter mewn i archebu blodau ar gyfer ei briodas. A dweud y gwir, ro'n i wedi penderfynu peidio mynd i'r briodas. Ond yn ôl Brenda, mae cariad Peter yn gweithio yn y byd teledu, yn gwneud gwallt a cholur, ac roedd nifer o enwogion ar restr gwesteion y briodas.

'You did promise the WI that Shân Cothi would be drawing the raffle at this year's summer ball,' meddai Brenda. 'I hear that Merched y Wawr have secured Fflur Dafydd.'

Y foment honno, canodd cloch y siop. Pwy ddaeth i mewn ond Gwynfor. Welodd e ddim ohona i. Ro'n i'n sefyll tu ôl i stondin o flodau'r enfys ar y pryd. Dydw i ddim yn berson i daenu clecs, ond ro'n i'n methu peidio clywed ei sgwrs gyda Brenda.

'I'd like the card to say, "I Sangita, diolch o galon am gadw ein cyfrinach bach!"'

A chariad gydag e'n barod! A hithau'n briod! Des i mas o fy nghuddfan â fy nhrwyn yn yr awyr. Roedd Gwynfor yn edrych arna i'n hurt. Gwgais i ato fe.

'Cyfrinach *fach*,' dwedais i wrth gerdded mas o'r siop. 'Ffor shêm!'

Roedd ein dosbarth Cymraeg nesaf ar y dydd Mawrth canlynol. Roedd Sangita a Gwynfor yn ceisio bihafio fel petai dim byd o'i le – y cnafon! Roedd Siwan yn hwyr – fel arfer. Mae'r fenyw yn amhroffesiynol iawn. Felly, syrthiodd y dasg o osod trefn o fath ar y wers arna i. Wnes i awgrymu i weddill y criw dylen ni ymarfer treigladau. Yn fy mhrofiad i, does dim ffordd well o ddysgu gramadeg na dril. A dweud y gwir, dwi'n dipyn o arbenigwraig pan ddaw hi'n fater o ddril gramadeg – pan o'n i'n dysgu yng Ngholeg Boneddigesau Cheltenham, enillais i'r llysenw serchus 'y sarjant'. Felly dechreuais i'n syml iawn gyda rhagenwau personol. Es i rownd y ford a gofyn i'r myfyrwyr dreiglo 'cyfrinach'.

'Fy nghyfrinach i,' meddai Peter.

'Dy gyfrinach di,' meddai Sangita.

'Ei chyfrinach hi,' meddai Gwynfor.

Wedyn daeth tro Caryl. Roedd hi'n edrych arna i'n hurt.

'Ei ... ym ... hang on ...'

'Dere 'mlaen, Caryl! Mae'n hawdd!' dwedais i'n galonogol.

Dechreuodd hi droi'n goch.

'Ei cyf ... ym, ei cyfrinach?' meddai Caryl yn herciog.

Sai'n deall sut yn y byd mae'r fenyw wedi cyrraedd y dosbarth Uwch. Ro'n i ar fin ei chywiro hi pan ddigwyddodd rhywbeth annisgwyl. Cododd yr hipi – Jemma gyda'i J chwerthinllyd – a dechrau siglo blaen ei bys arna i!

'Gad Caryl fod!' taranodd. 'So chi'n dysgu yng Ngholeg Cheltenham nawr, Miss Hutchingson!'

Fe dawodd y dosbarth mewn syndod. Basen i'n dweud bod pawb wedi synnu at y fath anfoesgarwch.

'Yn amlwg,' atebais i.

Wel, wir. Beth allwch chi ddisgwyl gan y fath berson, a'i darnau metal yn pigo mas o'i thrwyn a'i chlustiau? Ond eto, wrth edrych at ei hwyneb crac, roedd rhywbeth cyfarwydd amdani. Alla i ddim meddwl ymhle yn fy myw bydden wedi ei chyfarfod hi o'r blaen. Wnes i weithio fel athrawes dros dro mewn ysgol gynradd mewn ardal ddifreintiedig ym Mhort Talbot am un diwrnod – un diwrnod yn ormod, dylen i egluro – felly mae'n rhaid taw dyna lle gwelais i hi. Roedd yn amlwg iddi gael magwraeth gomon iawn.

Am unwaith, ro'n i'n falch o weld Siwan. Rhuthrodd hi i mewn fel corwynt, ei gwallt dros y lle a'i dillad heb eu smwddio.

'Sori, sori!' meddai hi. 'Ro'n i'n gorfod cymryd galwad bwysig iawn wrth fy asiant.'

Wedyn roedd rhaid i ni glywed hanes ei chlyweliadau diweddaraf – wir i chi, rydw i'n dechrau amau nad yw hi eisiau ein dysgu ni o gwbl, ac y byddai'n well ganddi actio. A dweud y gwir, rydwi i'n gobeithio ceith hi swydd actio cyn hir. Wedyn, efallai gawn ni athrawes newydd – rhywun o safon. Ac ar ôl y dosbarth hwn, mae gobaith gyda fi.

'Heddiw, ry'n ni'n mynd i ymarfer "Dweud beth fasech chi'n ei wneud",' meddai Siwan. 'Er enghraifft, jest off top fy mhen, fasech chi'n derbyn jobyn i hysbysebu eli triniaeth peils am … er enghraifft, tri deg dwy o filoedd o bunnoedd ar ôl treth a ffi asiant?'

Roedd y dosbarth yn dawel.

'A fydd fy wyneb i ar y posteri?' gofynnodd Gwynfor.

'Fase …'

'Fase fy wyneb i ar y posteri?'

'Base.'

'Dros Gymru gyfan?' holodd Peter.

'Dros Gymru gyfan.'

'Faswn i ar y teledu?' gofynnodd Jemma, yn gyffrous.

'Baset.'

'Faswn i'n cael eli peils am ddim?' gofynnodd Caryl (does ryfedd ei bod hi'n gofyn).

'Ym … sai'n gwybod. Siŵr o fod.'

'Baswn i'n derbyn y jobyn, Siwan,' dwedais i, mewn gobaith am athrawes newydd.

'Yn bendant!' meddai Caryl. 'Ac os wyt ti'n cael eli pen-ôl am ddim, rho fe i fi. Mae'r babi 'ma yn gwasgu arna i fel wn i ddim be.'

Roedd Siwan yn ffrwcslyd i gyd.

'Dydw i ddim yn sôn amdana i fy hun wrth gwrs, cwestiwn hollol ddamcaniaethol oedd e – hynny yw, *hypothetical*, i'ch helpu chi i ymarfer "Faswn i …?"' Baswn i'n mentro dweud ei bod hi'n meddwl ein bod ni i gyd yn dwp.

Rhoiodd hi ni mewn parau i ymarfer wedyn, ac roedd rhaid i fi weithio gyda Clive. Baswn i wedi cael Cymraeg mwy graenus wrth un o'i lysiau buddugol! Er hynny, ro'n i'n falch o gael cyfle i helpu'r dyn. Does dim syndod nad yw ei Gymraeg wedi gwella, a Siwan yn athrawes arno. Fe geisiais i ei helpu i ddweud 'll', ond er i ni ymarfer drosodd a throsodd, roedd e'n dal yn swnio fel cath yn cyfogi pelen ffwr. Roedd rhaid i fi roi lan a throi at y dasg yn lle hynny.

'Gyda miliwn o bunnoedd, baswn i'n prynu tŷ yn y Mwmbwls drws nesa i Catherine Zeta Jones,' dwedais i. 'Beth fasech chi'n ei wneud tasech chi'n ennill miliwn o bunnoedd?'

'Cadw fe'n saff yn y banc,' dwedodd e heb saib.

'Fasech chi ddim yn prynu unrhyw beth?' gofynnais.

'Na.'

'Efallai rhai dillad newydd?' mentrais. Wir i chi, mae ei ddillad fel carpiau. Mae e'n gweithio fel garddwr yng ngerddi'r plasty lleol – Llys Bryn Mawr. Hoffwn roi sgrwbad i'r dyn.

'Dyw arian ddim yn gallu prynu cariad,' dwedodd e. Ro'n i eisiau dweud, 'Na, ond mae'n gallu prynu talp o sebon,' ond penderfynais i ganolbwyntio ar yr ochr olau.

'Da iawn, Clive! Rwyt ti wedi meistroli "ll". Dwedest ti "gallu" yn berffaith!'

Yn amlwg roedd fy ngwaith caled gydag e'n werth y drafferth. Athrawes ydw i o hyd yn y bôn. Galwedigaeth yw hi.

Nesaf, roedd rhaid i ni fynd rownd y dosbarth i glywed

pawb yn dweud beth fasen nhw'n ei wneud, a dyna pryd dechreuodd pethau gynhyrfu.

'Baswn i'n cerdded i ddiwedd y byd petase Siwan yn mynd ar ddêt gyda fi,' dwedodd Clive.

'Basai'n well gyda fi stico 'mhen yn y ffwrn!' dwedodd Siwan o dan ei hanadl.

'Faswn i ddim cymryd cyffuriau am filiwn o bunnoedd,' meddai Gwynfor, wrth edrych ar Peter.

'Wel, faswn i ddim yn hala hunlun o fy hun yn borcyn am ddim yn y byd,' dwedodd Peter. Cochodd Gwynfor at ei glustiau. Ni allwn beidio â dweud fy nweud.

'Pe tasen i mewn perthynas, faswn i ddim yn hala blodau at fenyw arall.' Fflachiodd llygaid Sangita yn ddig.

'Pe tase'r ffeithiau i gyd ddim gyda fi, faswn i ddim yn neidio i gasgliad,' meddai hithau.

Torrodd Caryl ar ei thraws.

'Hei, hei, cwlwch lawr, bawb,' dwrdiodd hi. 'Reit. Tro fi. Faswn i'n snogo Gwynfor am filiwn o bunnoedd. Faswn i'n snogo Peter am ddim.'

Winciodd hi ato fe! A hithau naw mis yn feichiog! Ac yntau ar fin priodi! Ar fin priodi dyn, gyda llaw. Mae'r fenyw 'na tu hwnt!

Roedd y 'plant' yn mynd mas i'r dafarn ar ôl y dosbarth, ond wrth iddynt adael y coleg, aeth Siwan â fi o'r neilltu am air bach sydyn.

'Mae dy Gymraeg di'n fendigedig, Glesni. Wyt ti wedi ystyried mynd am Ddysgwr y Flwyddyn eleni?' meddai hi.

'Wel, Siwan, mae'n ddiddorol dy fod ti wedi codi'r pwnc, oherwydd rwyf wedi bod yn meddwl yr un peth!' atebais. Rydw i'n rhy gwrtais i ddweud, ond y gwir yw, mae'n amlwg fod gen i fwy o grap ar yr iaith na rhai eraill yn y dosbarth.

'A dweud y gwir, rydw i'n meddwl fy mod i'n barod i symud lan i Uwch 2. Efallai Uwch 3, hyd yn oed,' dwedais i, 'er mwyn canolbwyntio ar yr her o 'mlaen i.'

Fe syrthiodd ei gwep.

'Yn anffodus, Glesni, doedd dim digon o bobl i lenwi Uwch 2 na 3, felly does neb arall ar gael i dy ddysgu di ond fi. Dwyt ti ddim yn cael gwared ohonof i mor hawdd â hynny!' meddai hi a gwên deg ar ei gwefus.

Es i ddim i'r dafarn gyda'r lleill – es i adre'n syth. Dydw i ddim yn gwastraffu amser pan ydw i'n penderfynu gwneud rhywbeth. Glesni Hutchingson: Dysgwr y Flwyddyn! Ro'n i'n dychmygu fy hunan yn gwisgo gwisg wen, yn crwydro trwy dref Trebedw ochr yn ochr â beirdd a chantorion o fri. Mae'n rhaid i fi gyffesu, roedd eisiau her newydd arna i. Rydw i'n llenwi fy oriau gyda gweithgareddau, ond mae wastad eisiau cyffro newydd ar fenyw ddeallus fel finnau. Ro'n i'n arfer treulio llawer o amser yn chwarae *bridge*. Rydw i'n dipyn o arbenigwraig pan ddaw hi'n fater o *bridge*. Roeddwn i a fy ffrind annwyl Lesley yn bencampwyr ein sir pan oedden ni'n gweithio yng Ngholeg Boneddigesau Cheltenham. Felly, dychmygwch fy mhigogrwydd pan geisiais i ymuno â Chlwb Bridge Trebedw, a hwythau'n dweud bod y clwb yn llawn! Awgrymwyd y dylen i ymuno â'r criw di-Gymraeg lan yn Llanforgan. Ffor shêm! Does neb yn eu plith yn agos at fy safon i. Fel mae hi, rwy'n gorfod paru gyda rhyw fenyw hanner call o'r cartref hen bobl. Sôn am chwarae gydag anfantais! Bob tro dwi'n gweld colofn yn y *Western*

Mail am lwyddiant Clwb Bridge Trebedw, dwi'n cryfhau fy mhenderfynoldeb a dysgu deg gair newydd o Gymraeg o'r geiriadur! Fe fydda i'n ymuno â Chlwb Bridge Trebedw rhyw ddydd – cymerwch fy ngair!

I wneud pethau'n waeth, rwyf wedi dysgu yn ddiweddar fod cadeirydd Clwb Bridge Trebedw yn Saesnes! Mae Mary Pugh o Lerpwl wedi dysgu Cymraeg i safon mor uchel nes bod ei ffrindiau yng Nghlwb Bridge Trebedw wedi ei henwebu hi ar gyfer Dysgwr y Flwyddyn eleni! Yn ôl Brenda Blodau, mae'r fenyw wedi cael tipyn o 'dröedigaeth' ac mae bellach yn galw ei hun yn 'Mari Puw'! Mae hi wedi troi ei chefn ar ei ffrindiau WI er mwyn ei ffrindiau newydd ym Merched y Wawr. Ffôr shêm! Fel dwedais i wrth Brenda, mae'r fenyw yn swnio fel eithafwraig i fi.

Dydw i ddim yn hoffi canu fy nghlodydd fy hun, ond rydw i'n meddwl ei bod hi'n deall bod ychydig o gystadleuaeth wedi cyrraedd ers i fy nheisen lap i guro'i bara brith hi yn sioe'r sir eleni. Nesaf: Dysgwr y Flwyddyn. Gofalwch chi, Mary Pugh, rydw i wrth eich sodlau!

Ar ôl i fi gyrraedd adre, dechreuais i ar fy ngwaith cartref yn syth. Rydyn ni i fod i ysgrifennu tudalen A4 o dan y teitl 'Popeth Amdana i'. Wel, efallai fod Siwan yn gallu crynhoi ei bywyd bach hi i mewn i dudalen o A4, ond ro'n i'n eithaf sicr y baswn i wedi cyrraedd tudalen pedwar cyn i fi gael fy ngeni! Rwyf wedi bod yn hel achau fy nheulu ers blynyddoedd, cofiwch. A dweud y gwir, yn ôl Cymdeithas yr Achrestryddion, rwyf wedi cyflawni'r astudiaeth fwyaf trwyadl maent wedi ei gweld erioed gan achyddwraig amatur. Wrth i fi ddechrau ysgrifennu, mi ges i syniad ardderchog. Rydw i am ysgrifennu fy hunangofiant. Wedyn, fe fydda i'n ymgeisio ar gyfer y Fedal Ryddiaith. Fi fydd y person cyntaf i ennill Dysgwr y Flwyddyn a'r Fedal Ryddiaith yn yr un flwyddyn! Fe ddechreuais i ysgrifennu am hanes arfbais y teulu Hutchingson. Ond fe ges i fy hun yn ysgrifennu rhywbeth hollol wahanol …

Ces i fy ngeni yn ystod yr Ail Ryfel Byd. Roedd Mam a finnau yn byw ar fferm ei rhieni hi yn Llandybïe tan ddiwedd y rhyfel. Prin yw fy atgofion o'r cyfnod hwnnw, ond dyna atgofion hynaf a melysaf fy mywyd. Rwy'n cofio eistedd ar gôl fy mam-gu yn gwneud pice ar y maen. Ro'n i'n arfer syrthio i gysgu wrth wrando ar suo'r nant tu fas i ffenestr fy ystafell wely. Wedyn, fe ddaeth y rhyfel i ben. Pan ddychwelodd Nhad, cafodd dipyn o sioc i ddarganfod bod merch bum mlwydd oed ganddo. Aeth fy rhieni 'nôl i'w bywydau yn Llundain a ges i fy anfon i ysgol breswyl yng ngogledd Lloegr – y penderfyniad gorau wnaeth fy mam erioed. Hynny a'm dyrchafodd i'r lle rydw i heddiw. Dyna lle dysgais i'r pethau pwysig mewn bywyd, fel disgyblaeth, hunangynhaliaeth a dyfalbarhad. Mae hi wedi bod yn ddyletswydd ac yn fraint i basio'r nodweddion hyn ymlaen at y merched ifanc rwyf wedi eu dysgu dros y blynyddoedd. Mae fy nheulu i gyd wedi marw erbyn hyn. Fe adawodd Mam ei chyfoeth i gyd i gartref cathod lleol. Roedd ganddi hoffter o gathod. O'm rhan fy hun, dwi'n casáu'r creaduriaid. Maent yn oeraidd ac yn hunanol.

Ro'n i'n ddigon ffodus i gael gwaith a llety yng Ngholeg Boneddigesau Cheltenham. Dyna lle newidiodd fy mywyd. Ro'n i'n rhannu trigfan gyda menyw o'r enw Lesley. Roedd hi'n dysgu Mathemateg ac ro'n i'n dysgu Saesneg. Fe fyddech chi'n meddwl nad oedd dim byd gyda ni'n gyffredin, ond hi oedd y ffrind gorau ges i erioed. O, dwi'n gwybod bod y plant yn arfer galw 'y chwiorydd hyllion' ac 'y gwrachod' arnon ni, ond doedd dim ots gyda fi. Fy nghyfnod gyda Lesley oedd rhan orau fy mywyd. Roedden ni wastad wedi sôn am ymddeol i Gymru a rhannu bwthyn bach ar bwys y môr. Ta waeth. Nid felly y bu. Roedd canser arni. Fe adawodd hi ei harian i gyd i fi yn ei hewyllys gan obeithio y baswn i'n prynu'r bwthyn roedden ni wedi ei drafod. Rhoiodd ei mab ben ar hynny. Heriodd ei hewyllys ar sail 'cyflwr ei hiechyd meddwl'. Doedd dim clem gydag e am ei hiechyd meddwl gan na ddaeth e ddim i'w gweld hi nes ar ôl iddi farw. Wnes i ddim ei herio. Beth fydden i wedi ei ddweud? Yn bwysicach fyth, beth fyddai pobl eraill wedi ei ddweud?

Roedd hi'n amser i fi symud ymlaen. Fe ddechreuais ystyried dychwelyd i gartref fy hen daid, sef Trebedw. Ar ôl i fi wneud tipyn bach o ymchwil, fe ddysgais fod Marks & Spencer yn y dre a chlwb *bridge* o safon dderbyniol, felly fe wnaeth y rhain setlo'r mater. Fe ddechreuais i fywyd newydd yn Nhrebedw ryw ddeng mlynedd yn ôl bellach. Mae gen i fyngalo ar ochr neis y dre, a digon o weithgareddau i 'nghadw i'n brysur. Dwi'n aelod o'r

U3A (Prifysgol y Drydedd Oes, i chi gael gwybod), dwi'n canu gyda Chôr Menywod Bedw a dwi'n gweithio'n ddiflino dros amryw o elusennau lleol. Fe godais i £623 tuag at atgyweirio ffenestr wydr lliw Eglwys San Pedr ar fy mhen fy hunan fach drwy drefnu noson *bridge*. Dydw i ddim yn un am ganu fy nghlodydd fy hun, ond mae pobl yn dweud fy mod i wedi gwneud tipyn o argraff ar y dref.

Ar ôl i fi orffen ysgrifennu, ro'n i'n teimlo'n eithaf emosiynol. Rydw i'n ceisio osgoi meddwl am Lesley. Fe daflais i'r ddogfen i'r bin sbwriel a dechreuais i eto ar fy ngwaith cartref. Y tro 'ma, dechreuais i gydag arfbais y teulu Hutchingson. Mae'n hynod ddiddorol. Llew gwyn o dan helm marchog sy'n dynodi dewrder a gwroldeb sydd arni. Ar ôl ystyried y peth, rydw i wedi penderfynu bod ysgrifennu hunangofiant yn rhy hunangar at fy nant i – dyw hi ddim yn iach pendroni dros y gorffennol. Efallai ddylen i gael gwersi cynghanedd a mynd am y Gadair yn lle'r Fedal.

Clive

Mae Siwan eisiau i fi neud Dysgwr y Flwyddyn. Mae hi yn dod i tŷ fi. Rydw i wedi golchi.

Jemma

Does dim byd dwi'n ei hoffi'n fwy na phriodas. Ambell waith, pan chi'n darllen y newyddion, mae'n edrych fel tase'r byd yn llawn casineb a thrais, ond mae priodas yn dangos bod 'na gariad yn y byd o hyd. Felly yn y noson gwis, pan wnaeth Peter ofyn i bob un ohonom ni yn y dosbarth Cymraeg ddod i'w briodas, ro'n i wrth fy modd! Wrth gwrs, ro'n i'n gwybod bod gan Peter enaid hael o'r foment gwrddais i fe. Mae awra arian gydag e, sy'n adlewyrchu cyfoeth a meddwl cosmig sy'n agored – mae ei ŵr-i-fod yn ddyn ffodus iawn.

Un person sy ddim mor ffodus mewn cariad yw Clive, druan. Mae e wedi cael ei hudo gan Siwan. Mae awra brydferth gyda Clive – un frown fel lliw'r ddaear – sy'n golygu bod ganddo hen enaid. Yn anffodus, dydy Siwan ddim yn gallu gweld y tu hwnt i'w farf drwchus a'r pridd o dan ei ewinedd. Mae hynny oherwydd bod ganddi hi awra niwlog. Mae ganddi eithaf tipyn i'w ddysgu eto ar ei thaith tuag at oleuedigaeth. Dydw i ddim yn ei beirniadu hi. Rydyn ni i gyd yn fyfyrwyr yn nosbarth y bydysawd. A hi wnaeth ddysgu'r gair 'bydysawd' i fi hefyd, felly dwi'n ddiolchgar iddi am hynny. Dwi'n eithaf sicr bod y gair 'bydysawd' yn gysylltiedig â Buddha. Mae Siwan yn eithaf penderfynol ei fod e ddim. Wnes i geisio esbonio iddi fod peth gwybodaeth yn dod drwy'r galon yn lle trwy'r meddwl. Roedd Siwan ychydig yn anghwrtais yn dweud bod peth gwybodaeth yn dod yn syth o 'nhin.

'Does dim eisiau bod yn bersonol!' meddai Caryl.

Chwarae teg iddi am fy amddiffyn; rydyn ni wedi bondio ers i fi herio Glesni. Roedd blodfresychen gyda Clive i Siwan yr wythnos yma. Y foment welais i hi, roedd fy ngheg i'n dechrau llenwi â dŵr gan feddwl am y cyrri blasus baswn i'n ei wneud gyda hi. Mae'n rhaid i fi gyfaddef bod gen i ddwylo blewog. Dechreuodd y peth fel damwain. Rhyw fis yn ôl, roedd llond bag o fresych deiliog gan Clive i Siwan. Roedd y bag yn fyw â malwod. Sgrechiodd Siwan wrth weld hynny, a thaflu'r cyfan o dan ei desg heb air o ddiolch. Roedden ni'n gorfod eistedd trwy bennod gyfan o *Pobol y Cwm* o 2008 wedyn, ond yr unig beth ro'n i'n gallu meddwl amdano oedd y malwod bychain yn sownd yn y bag. Y creaduriaid! Fe fyddai wedi bod yn *karma* gwael i'w gadael nhw i farw. Efallai fydda i'n dod yn ôl i'r byd 'ma fel malwoden yn fy mywyd nesaf!

Felly ar ôl y dosbarth, arhosais i nes bod pawb arall wedi gadael y stafell. Wedyn, es i â'r bag cyfan adre gyda fi. Rhoiais i'r malwod yn yr ardd a gwneud *smoothie* gyda'r bresych deiliog. Roedd yn lysh. Es i â'r gweddill mewn i'r caffi fore trannoeth. Ro'n i wedi gwerthu'r cyfan erbyn deuddeg! Dyw e ddim yn lladrata yn dechnegol, achos roedd y dail yn y bin sbwriel. Hefyd, mae'r llysiau yn dod o Lys Bryn Mawr, felly nid Clive sy berchen nhw yn y lle cyntaf. Wel, dyna beth dwi wedi dweud wrtha i fy hun. Dwi'n methu peidio dwyn y llysiau erbyn hyn. Dwi'n edrych ymlaen at bob gwers i weld beth sydd yn y bag nesaf. Dyma uchafbwynt y wers! Ond dim ond mater o amser oedd hi nes i fi gael fy nal, sbo.

Fe daflodd Siwan y flodfresychen o dan ei desg heb feddwl am Clive a'i wyneb bach siomedig. Roedd ei meddwl yn bell yn y wers yr wythnos yma – yn waeth na'r arfer. Roedd hi'n edrych ar ei ffôn yr holl amser. Roedd ei ffôn yn mynd 'ping!' drosodd a throsodd nes bod Peter wedi cynnig dangos iddi sut i droi'r peth at 'mud'.

'Ooh Siwan, Winker! I'm more of a Grindr man myself,' meddai, gyda winc.

Sai'n deall y math 'ma o *tech talk*. Yn fy marn i, mae pobl yn treulio gormod o amser ar-lein yn lle cyfathrebu gyda phobl go iawn.

Roedden ni i fod i ymarfer 'y dyfodol' yn y wers, ond mae gramadeg yn gallu bod mor ddiflas. Roedd Siwan wedi ysgrifennu ar y bwrdd gwyn:

'Fe fydda i yn …'

'Fe *berf* + af i …'

'Mi wnaf …'

'Reit. Ni'n mynd i chwarae Bingo gramadeg,' meddai hi. Suodd ochenaid rownd y ford. Wedyn dyma fi'n cael syniad.

'Siwan! Dwi wedi cael *brainwave* – ym, ton ymennydd – hollol wych! Pam na wnawn ni droi'r wers mewn i sesiwn *cosmic ordering*?'

Doedd dim lot o ddiddordeb gyda Siwan, felly roedd hi'n eithaf bodlon i fi gymryd drosodd. Eisteddodd hi yn ôl yn ei chadair yn tecsto tra bo fi'n esbonio fy syniad i weddill y dosbarth.

'Beth yw *cosmic ordering*?' gofynnodd Gwynfor.

'Yn ôl yr ysgolhaig Bruce Griffiths, dylech chi ddweud "gorchymyn cosmig",' meddai Glesni.

'Iawn,' dwedais i. 'Mae gorch-, gorchym- … *Cosmic ordering* yw'r neges chi'n hala mas i'r bydysawd. Chi'n gwneud y dyfodol ry'ch chi eisiau ei greu. Mae'n rhaid i chi gredu ynddo a chyn pen dim, fe fydd y bydysawd yn cyflawni'ch dymuniad!'

Rholiodd Glesni ei llygaid.

'Wel, mae'n llawer mwy diddorol na blydi bingo, nag yw e?' meddai Caryl.

'Ydy!' ebychodd Peter. Chwarae teg iddo fe. Mae meddwl agored gydag e – awra arian, fel dwedais i.

'Af i'n gyntaf,' dwedais i. Fe gaeais fy llygaid ac anadlu'n ddwfn gan ddweud, 'Erbyn diwedd yr haf, fe fydda i'n rhugl yn y Gymraeg. Fe fydda i'n rhedeg busnes llwyddiannus. Fe fydd fy mywyd yn ffrwythlon ac yn hapus.'

'Www, fi nesaf!' meddai Peter. 'Fe fydda i'n cael priodas hollol anhygoel, fe fydd pobl yn sôn am fy mhriodas am blynyddoedd i ddod!'

'Am flynyddoedd,' cywirodd Siwan, heb godi ei llygaid o'i ffôn.

Tro Gwynfor.

'Fe ddaw fy merched i fyw yng Nghymru. Mi fydd mab Enfys yn cynhesu tuag ataf i. Mi fyddwn ni i gyd yn deulu mawr hapus!'

'Da iawn Gwynfor. Tro Sangita nesaf,' dwedais i.

'Mi wylia i *Downton Abbey* pryd bynnag dwi eisiau. Ni fydda i'n forwyn yn fy nhŷ fy hun! Fe fydd fy nhŷ yn atseinio gyda sŵn pitran trados bach!'

'Cer amdani, Sangita!' meddai Caryl.

'Dy dro di, Clive,' dwedais i'n dyner. Doedd Clive ddim fel fe'i hunan. Roedd e'n dawelach nag arfer a'i lygaid gloyw yn bŵl. Roedd e'n edrych ar Siwan tra oedd e'n gwneud ei lw i'r bydysawd.

'Fe gipia i galon menyw fy mreuddwydion, a byddwn ni'n byw yn hapus gyda'n gilydd am weddill ein hoes.' Dyna oedd y tro cyntaf i Clive ddweud brawddeg mor gymhleth ac mor berffaith. Roedden ni i gyd yn fud gan syndod am eiliad. Wedyn curodd pawb eu dwylo.

'*Wowzers*, Clive. Ti wedi bod yn ymarfer!' meddai Caryl.

'Da iawn, Clive!' meddai Gwynfor.

'Rydw i wedi bod yn helpu Clive ...' dwedodd Glesni'n falch.

Ddwedodd Clive ddim. Ni chododd ei lygaid oddi ar Siwan. Roedd hi'n tecsto'n gyffrous ac yn hollol ddi-glem.

'Da iawn, Clive,' meddai hi, heb glywed gair.

Tro Caryl.

'Mi fydda i'n canu'n broffesiynol unwaith eto. Blydi hel. Do'n i ddim am weud hynny!' ebychodd mewn penbleth.

'Mae hynny oherwydd dy fod ti'n siarad o dy galon yn lle dy ben,' eglurais i. Ro'n i'n disgwyl i Glesni ballu cymryd rhan ar ôl ei hagwedd negyddol pan ddechreuon ni. Ond ces i fy synnu. Fe gaeodd hi ei llygaid a dechrau pregethu fel tase hi mewn capel!

'Fe fydda i'n gadeirydd Clwb Bridge Trebedw. Fe fydda i'n Llywydd Merched y Wawr, fe fydda i'n ennill Dysgwr y Flwyddyn, fe fydda i'n ennill y Gadair!' Pan agorodd ei llygaid, roedd pawb yn edrych arni'n syn. Fe gochodd hi'n chwithig.

'Blimey, what's next on the list, world domination?' meddai Peter.

'Beth amdanat ti, Siwan?' holais i. Edrychodd hi lan gan wenu. Yn amlwg, roedd pwy bynnag oedd yn ei thecsto hi yn ei phlesio hi hefyd.

'Beth ydw i i fod i'w ddweud?' dwedodd hi.

'Ti fod gorchymyn dy ddyfodol i'r bydysawd.'

'Fel beth? Fe fydda i'n cael fy ysgubo oddi ar fy nhraed gan ddieithryn tal, tywyll a golygus? Dyna'r math o beth, ife?'

'Os mai dyna beth yw dy wirionedd ...'

'Ie, ie, beth byns! Rydyn ni wedi dod at ddiwedd y wers. Beth am i chi i gyd ysgrifennu eich brawddegau fel gwaith cartref?'

'Dwyt ti dal heb ddychwelyd gwaith cartref wythnos diwethaf. Na'r wythnos cynt, chwaith,' meddai Glesni yn llym.

'Dwi wedi eu marcio nhw, ond anhofiais i ddod â nhw gyda fi heddiw, dyna i gyd ... Pob hwyl, bawb. Wela i chi wythnos nesaf,' dwedodd hi, heb edrych lan o'i ffôn.

Fel arfer, Siwan yw'r person cyntaf i adael yr ystafell ddosbarth. Mae hi'n saethu mas drwy'r drws yn gynt nag y gallwch chi ddweud 'yr athrawes waethaf yn y byd'. Fel arfer, dwi'n aros nes bod pawb wedi gadael y stafell a dwi'n achub llysiau Clive o'r bin sbwriel ar fy ffordd mas. Ond heno, erbyn i bawb arall fynd, roedd Siwan yn dal yno. Es i i'r tŷ bach. Deng munud wedyn, roedd y coleg mor dawel â chapel. Fe gerddais i ar flaenau fy nhraed tuag at y stafell ddosbarth. Roedd y drws ar agor o hyd ac roedd Siwan yn dal yno! Roedd hi'n edrych drwy'r ffenest yn hiraethus a'i chefn ata i. Os o'n i am gael y flodfresychen 'na, roedd rhaid i fi fynd amdani tra oedd hi'n wynebu'r ffordd arall. Fe sleifiais i o dan ei desg, ond y foment ges i afael ar y flodfresychen, clywais i lais Siwan.

'Wel, do'n i ddim yn disgwyl dy weld di fan hyn!'

Shit! meddyliais i. Mae hi wedi fy nal i wrthi! Ro'n i ar fin dod mas o dan y ddesg a chyfaddef y cyfan pan glywais i lais arall – llais dyn.

'Dwi wastad yn ateb galwad lodes mewn loes ...' Roedd e'n swnio fel petai e'n chwarae rhan mewn rhyw ffilm frwnt! Fe glywais i ei gamau trwm yn pasio o flaen y ddesg. Roedd fy nghalon yn curo yn fy nghlustiau; wnes i bron gollwng y flodfresychen! Roedd hi'n amlwg fod *cosmic ordering* Siwan wedi bod yn llwyddiannus! Sai erioed wedi clywed am unrhyw un yn cael ei dymuniad mor glou â hynny! Roedd y sŵn glywais i nesaf yn debyg iawn i sŵn datsipiad copis. Ebychiad pitw bach. Sai'n gwybod os taw fi oedd e neu Siwan! Roedd rhaid i fi ddianc cyn i bethau fynd yn rhy bell. Fe wnes i ymbalfalu fy ffordd mas o dan y ddesg a'i gloywi hi tuag at y drws heb edrych yn ôl!

Ro'n i hanner ffordd lawr y coridor a phwy welais i ond Clive. Edrychais arno fe'n syn ac edrychodd e ar ei flodfresychen fendigedig – yn fy nghesail!

'Clive!' ebychais i. 'Ro'n i jest ... ym ...'

'Rhoiais i'r flodfresychen yna i Siwan!'

'Dwi'n gwybod, ond ... mae hi wedi anghofio fe. Bydde'n drueni ei wastraffu e. Wyt ti moyn e 'nôl?'

Roedd sŵn curiad ailadroddus yn dod o'r ystafell ddosbarth.

'Workmen! Hammering ...' baglais i dros y geiriau. 'Jiw jiw, maen nhw'n swnllyd, nagyn nhw?'

Syllodd ar y flodfresychen, wedyn i gyfeiriad yr ystafell ddosbarth, wedyn yn ôl ata i.

'Sai'n dy gredu di,' dwedodd e yn araf. Ro'n i'n teimlo fel tase 'nghalon yn cwympo lawr at fy mol. 'Wnaeth Siwan ddim anghofio fy mlodfresychen, naddo?' mwmialodd Clive i'w sgidiau. Yn sydyn, roedd e'n deall y caswir. Wel, hanner y caswir. Roedd y sŵn 'morthwylio' yn cryfhau'n raddol, felly wnes i ddechrau ei arwain lawr y coridor tuag at y ffordd mas. Ro'n i'n teimlo mor flin drosto fe.

'O, Clive. Mae'n flin 'da fi. Mae Siwan yn rhoi dy lysiau hyfryd yn y bin sbwriel bob gwers. Fi wedi bod yn achub nhw. Wnes i gacennau moron bach ar gyfer y caffi, a gwerthon nhw fel, wel, fel *hotcakes*.'

Ddwedodd e ddim gair.

'Roedd dy faro yn arbennig. Stwffiais i fe gyda chaws soya a thomato. Sai erioed wedi blasu dim byd tebyg.'

O'r diwedd, edrychodd e lan.

'Oes gen ti beth ar ôl?' gofynnodd.

Am y tro cyntaf, sylwais i fod llygaid glas pur gyda Clive.

'Efallai yn y rhewgell,' dwedais i. 'Dere 'nôl i'r caffi gyda fi. Wna i goginio i ti. Dyna'r peth lleiaf y galla i ei wneud.'

Ers hynny, mae Clive wedi bod yn bwyta brecwast, cinio a the yn y caffi bob dydd. Rydyn ni'n ffrindiau mawr erbyn hyn. Mae'n od a dweud y gwir, oherwydd rydyn ni wedi gweld ein gilydd yn aml yng ngerddi Llys Bryn Mawr dros y blynyddoedd, ond dydyn ni erioed wedi dweud mwy na 'Helô' wrth ein gilydd. Pwy fase'n meddwl taw blodfresych fydde'n dod â ni'n dau at ein gilydd o'r diwedd? Mae Clive wedi peidio dod â llysiau i'r dosbarth Cymraeg – mae'n dod â nhw yn syth i fi nawr! Sai'n credu bod Siwan wedi sylwi. Mae elw'r caffi wedi codi'r mis yma am y tro cyntaf ers y Nadolig, ond dydw i dal ddim yn gallu dringo mewn i'r du. Dwi'n gweld yr holl famau yn mynd i Costa Coffi ar ôl y *school run* ac mae fy nghalon yn suddo. Dwi wedi gwneud cynnig arbennig – prynwch un ddiod boeth a chael *soya babychino* am ddim! Dyw e ddim wedi gweithio.

Er hynny, mae'r bobl o'n dosbarth Cymraeg wedi bod yn fy nghefnogi i, hyd yn oed Siwan. Daeth hi mewn i gael *skinny double frappuccino with a squirt of syrup*. Roedd rhaid iddi fodloni ar *soya latte* yn ei le. Roedd dyn gyda hi hefyd. Wnaeth hi ei gyflwyno fe i fi fel Rhun, ond ro'n i'n adnabod ei lais yn syth fel y dyn o Blodfresych-gate! Ar yr olwg gyntaf, dyw Rhun ddim cweit fel y dyn tal a thywyll a archebodd Siwan yn ein sesiwn *cosmic ordering*, ond roedden nhw'n edrych yn hapus iawn gyda'i gilydd ta beth. Doedd dim sôn am y 'digwyddiad'. Wnaeth y tri ohonom esgus na ddigwyddodd e ddim. Ac mae hynny'n fy siwtio i i'r dim. Sai wedi dweud gair wrth neb, hyd yn oed Sangita, er ei bod hi wedi dod i mewn i'r caffi sawl gwaith. Dwi'n credu ei bod hi'n hoffi fy nghacennau uwd.

Dwi'n hoff iawn o Sangita. Mae hi'n fenyw glên ac mae cymaint gyda ni'n gyffredin! Mae ei hawra hi'n oren ac yn bwerus fel fy un i, achos ry'n ni'n dwy yn iachawyr. Ac mae hi'n dod o India hefyd! Ges i fy magu yn Delhi nes 'mod i'n bedair ar ddeg oed tra oedd fy nhad yn llysgennad yno. Wedyn, bu farw fy nhad-cu ac roedd rhaid i ni ddychwelyd i Gymru – i redeg busnes y teulu, Llys Bryn Mawr. Roedd

Jemma

Cymru'n dipyn o sioc i'r system ar ôl India. Ro'n i wedi tyfu lan gyda'r glaw, ond nid gyda'r oerfel. Roedd ein cartref newydd yn ddrafftiog ac yn adfeiliog. Doedd dim gweision gyda ni rhagor, ac roedd y bwyd i gyd yn ddi-flas. Erbyn hyn, rwy wedi syrthio mewn cariad â fy ngwlad. Ond dwi'n dal i hiraethu am ryddid fy mywyd yn India. Dyna pam penderfynais i fyw mewn *yurt* ar dir y plasty. Dwi'n gallu teimlo'n agos at y tir ac yn agos at fy rhieni hefyd – a'u stafell molchi. Mae fy rhieni wedi cytuno i'r trefniant hwnnw ar yr amod fy mod i'n cael cinio dydd Sul gyda nhw bob wythnos – sy'n swnio'n ddigon teg. Dyw e ddim. Mae pob cinio'n dilyn yr un patrwm: mae fy rhieni'n cwestiynu fy newisiadau ac yn mynnu ei bod hi'n hen bryd i fi dyfu i fyny. Erbyn tri o'r gloch y prynhawn, mae fy mam wedi llowcio potelaid gyfan o Sancerre, a dwi wedi llowcio potel o Rescue Remedy. Does neb yn mwynhau. Doedd y dydd Sul hwn ddim yn eithriad.

Dechreuodd cinio fel hyn:

'Won't you have some beef, Mimey?'

'It's Jemma now, and I'm a vegetarian, Mother.'

'Still? I thought you'd outgrown that phase.'

Sai wedi bwyta cig ers o'n i'n ddeuddeg mlwydd oed, pan ddysgais i am ailymgnawdoliad wrth fy *Ayah*. Mae Mam yn gwybod hyn yn iawn. Mae hi'n gwybod yn iawn hefyd nad ydw i'n defnyddio'r llysenw ges i pan o'n i'n blentyn, sef 'Mimey'.

Tra oedd hi'n bwtsiera'r slabyn o fuwch ar y ford, cymerais i fy niferyn cyntaf o Rescue Remedy. Erbyn pwdin, roedd Mam wedi gwagio hanner ei photel lawr ei chorn gwddf ac wedi dechrau hogi ei hewinedd.

'Darling, it's about time that you started thinking about the future. You need to learn how to run this place. Before we die.'

'Sod dying – we want to retire, you selfish girl!' cwynodd Dad.

Dyma fi'n estyn am y Rescue Remedy unwaith eto.

'Once you inherit Bryn Mawr Court, I suppose you'll just flog it off to the National Trust.'

'Well, first, it would be Cadw, not the National Trust. And secondly, Llys Bryn Mawr has been in our family for nine generations. I'm not going to be the one to throw it all away.'

'You'll need to find someone to run it with you. A partner. It could be a man, or a woman ...'

'Mother. For the last time, I am *not* a lesbian!'

'Of course you're not, darling. I'm just saying, if you *were*, you know ... that way inclined, it would be fine by us!'

'You speak for yourself, Elspeth.'

'Peregrine!'

'Dumpling. We just want you to be happy.'

'I *am* happy.'

'Is there anyone you like at your night school?'

'You're not still going to those lessons are you? Bloody waste of time ...'

Fe wnes i anwybyddu'r sylw hwnnw.

'There are lots of people I like in my Welsh class. But that's not your question, is it, Mother? Actually, you'll never guess who's in my class: Miss Glesni Hutchingson from school.'

'Glesni Hutchingson? Didn't she get sacked from Cheltenham for having a lesbian affair with one of the other teachers?'

'So the rumour had it. I can't see it myself. She's about as straight-laced as they come.'

'Those are always the ones to watch.'

'The other person you might know in my Welsh class is Clive. The gardener.'

'Estate Manager, dumpling.'

'Clive? What's he doing there?'

'Learning Welsh, like me.'

'His family has been here as long as ours. They've always spoken that gibberish language. You must be mistaken, Mimey. All those bloody crystals have addled your brain.'

'Which reminds me, dumpling. I read a terrifying article in the *Reader's Digest* – I've torn it out for you. This woman had a terrible time with crystals – she got addicted to them. What kind do you use for your … you know … for your spells?'

'Reiki healing, Mother, not spells. We mostly use quartz …' Fe dynnodd hi'r erthygl mas o'i bag llaw i ddangos i fi. Darllenais i'r pennawd: 'My Crystal Meth hell'.

'Mother,' dwedais i, 'these are not the same crystals we use in reiki, I promise you.'

Peter

Dwi'n ddyn call iawn. Ond ambell waith dwi'n gwneud pethau hurt – fel gwahodd pawb yn y dosbarth Cymraeg i ddod i fy mhriodas. Bai Clive oedd e. Prynodd e siampên ar noson y cwis. Rho wydraid o siampên i fi, ac fe gytuna i i unrhyw beth. Fel y tro wnaeth Jake berswadio fi i gael tatŵ. Roedd hi'n ben-blwydd 40 arna i, ac ro'n i newydd werthu'r busnes yn Llundain a symud i Gymru. Ro'n i'n teimlo'n rhydd am y tro cyntaf yn fy mywyd. Ro'n i'n 'uchel ar fywyd' ac ar siampên hefyd. Penderfynais gael calon a'r geiriau *Free spirit* yn ei chanol. Wedyn, ces i'r syniad arbennig o sgwennu'r peth yn Gymraeg. Roedd y fenyw oedd yn gwneud y tatŵ yn mynnu ei bod hi'n siarad Cymraeg – yn wir, meddai, aeth hi i Ysgol Gymraeg Trebedw. Erbyn hyn, mae gen i galon ar foch fy mhen-ôl a'r geiriau 'Ysbryd am ddim' yn ei chanol. Siampên, ti'n gweld – diod wirion!

Yn anffodus, does dim yr un math o esgus gyda fi am fy ngham gwag diweddaraf. Ces i alwad wrth y *Western Mail* yn gofyn am gyfweliad. Mae newyddion am y briodas wedi teithio'n bell. A dweud y gwir, mae fy hanes personol i'n dipyn o chwedl hefyd. Mae codi proffil y busnes wastad yn beth da, felly fe gytunais i wneud y cyfweliad. Doedd Jake ddim ar gael yn anffodus – roedd e'n gweithio, yn gwneud colur ar gyfer *Doctor Who*. Fe wnes i baratoi'n fanwl – *soundbites* bach hyfryd fel: 'Chance brought me to Trebedw; love has kept me here.' (A dweud y gwir, dwi'n barddoni yn fy amser sbâr.)

Ro'n i wir yn meddwl bod cysylltiad rhwng Holly, y gohebydd, a fi. Cymraes Gymraeg oedd hi. Dwedodd hi fod fy Nghymraeg i'n ddigon dda i fynd am Ddysgwr y Flwyddyn! Roedden ni hyd yn oed wedi sôn am fynd mas am goctels yn y dre rhywbryd! Wnaeth hi fy mherswadio i ddangos drafft cyntaf sioe gerddorol ysgrifennais i am fy mywyd iddi – *An Alpaca Stole my Heart*. Mae'n fwy na hanes fy mywyd – mae'n llythyr caru i Gymru! Rwyf wedi cael cryn dipyn o ddiddordeb wrth y gymdeithas opera amatur leol. Er, fe fydd rhaid i ni weithio mas y manylion ynglŷn â chael alpacaod ar y llwyfan. Dyma sut mae'r sioe yn dechrau:

> Tanio'r golau ar ddyn yn ei dridegau. Mae'n dal ac mae ei wallt ar chwâl, ac mae'n olygus er gwaetha'r straen ar ei wyneb – straen rheoli bargeinion gwerth miliynau o bunnoedd. Mae'n ei esgusodi ei hun o'i gyfarfod gweithredol ac yn gadael … jest yn cerdded mas fel petai e'n mynd am bisiad. Wrth iddo adael yr adeilad, mae'n taflu ei ffôn i'r tanc pysgod aur addurnol yn y cyntedd mawreddog. Tu fas i'r adeilad, mae'n tynnu ei dei a'i daflu fe at ddyn digartref, gan wybod y gall gwerthu'r tei ei fwydo am wythnos. Mae'n dal i gerdded, heb edrych yn ôl. Mewn i'w gar a bant ag e. Mae'n gyrru.

Dwi'n gwybod bod eisiau 'bach o waith arno, ond dwedodd Holly ei fod yn ddechrau gafaelgar iawn. A'r peth gorau yw, wrth gwrs, ei fod yn wir! Cyn pen dim, ro'n i ar yr M4. Sai'n gwybod pam; doedd e ddim yn benderfyniad ymwybodol. Roedd fy isymwybod wrth y llyw, sbo. Rhoiais i'r radio ymlaen a dechrau canu. Ro'n i'n teimlo'n gwmws fel Tom Cruise yn *Jerry Maguire*, pe tase Jerry Maguire wedi bod yn gwrando ar Kylie yn lle Tom Petty. Fe wnes i yrru a gyrru heb feddwl am ddim ond yr heol. Pan ddechreuodd nosi, tynnais i mewn i gilfach, ac am y tro cyntaf ers misoedd, fe gysgais i fel baban.

Fe ddihunais yn sydyn i sŵn brefu dychrynllyd. Roedd buwch yn ffroeni ffenest y car! Roedd hi'n anferth! Ro'n i'n methu cofio'r tro diwethaf i fi weld anifail fferm – efallai ddim ers pan o'n i'n blentyn yn mynd i'r sw mwytho. Roedd sŵn aruthrol yn dod gan yrr o wartheg oedd yn llifo lawr y lôn, yn syth at fy Porsche bach i! Do'n i ddim yn gwybod beth i'w wneud, felly wnes i wasgu'r corn yn galed mewn braw. Ymddangosodd wyneb hindreuliedig y ffermwr o ganol y gwartheg. Roedd e'n ysgwyd ei fys arna i'n fygythiol nes i fi gilio i mewn i fy sêt. Roedd ei gnoc dig ar fy ffenest yn ddigon i godi'r gwallt ar fy mhen! Gwasgais i'r botwm i agor y ffenest yn araf bach.

'You don't want to fright 'em like that,' meddai'r ffermwr. Wrth weld fy nychryn, lliniarodd ei ddicter. 'Lost, are you?'

'Erm, yes, I suppose ...'

'You suppose?'

'I've lost my phone.'

'There's a pub up by there. Y Bedw. Delyth'll sort you out.' Wedyn aeth e 'nôl at ei dda a'u gyrru nhw i'r cae y tu ôl i'r gilfach.

Peter

Wales! I'm in Wales! sylweddolais yn llawen. Roedden ni'n arfer dod i Sir Gâr pan o'n i'n fach. Unwaith roedd yr heol yn glir, taniais i fy nghar a gyrru'r hanner milltir i'r dafarn. Pan dynnais i mewn i'r maes parcio, doedd dim clem gyda fi fy mod i wedi cyrraedd fy nghartre am y ddau fis nesaf.

Fe dreuliais i'r wythnos gyntaf yn cerdded. Roedd digon o arian gyda fi i brynu dillad a bwyd, felly unwaith ro'n i wedi ymdrwsio'n iawn, es i bant bob dydd i ddilyn glan yr afon, neu i grwydro adfeilion yr hen gastell, wedyn mynd 'nôl i'r dafarn i fwyta o flaen y tân. Daeth y pentrefwyr i'r dafarn bob nos, a doedd neb yn talu sylw i fi o gwbl. Roedd y ffaith nad o'n i'n deall yr iaith roedden nhw i gyd yn ei siarad yn gwneud i fi deimlo'n bellach byth o 'nghartref, o fy mywyd. Roedd hi fel bod dramor a dweud y gwir. Daeth nos Wener, ac roedd rhaid i fi dalu am yr wythnos gyntaf. Roedd y dafarn yn fwy prysur nag arfer; roedd criw o bentrefwyr wedi ymgasglu o amgylch bord, a phob hyn a hyn roedd hyrddiau o chwerthin.

Ro'n i wedi bod yn clebran gyda Delyth – y dafarnwraig – yn ystod yr wythnos, ond roedd hi'n ofalus i beidio â busnesu gormod. Dim ond nawr y mentrodd hi ofyn y cwestiwn mawr:

'I don't like to pry, but I wondered if you might be ... in trouble. If there's something I can help you with ...'

'I'm fine, thank you.'

Y foment honno, daeth rhuadau o chwerthin unwaith eto.

'What are they doing over there? Is it a game?'

'Come with me, I'll introduce you ...'

Cyn i fi gael cyfle i wrthod, cyflwynodd hi fi i'r criw bach.

'Bois, this is Peter, from London. He wants to know what Tippit is.' Roedd murmur cyfrwys rhyngddynt. Wedyn cododd llais y ffermwr gwrddais i ar fy niwrnod cyntaf.

'Ready to slum it with the locals, are you? Well, I hope you've got your wallet on you. Loser buys the next round.' Fe gilwenodd. 'I'm Merf. And this is Tegwyn Pen-y-bryn,' meddai.

'Pennerbrin? What an unusual surname!'

'It's the name of his farm – the one at the top of the hill.'

'Oh, I see! I must say, I love the way people name their homes over here. Pen-y-bryn sounds so exotic! If it were in England, they'd probably just have called it Hill Top or something unimaginative like that.' Wnaeth pawb chwerthin. Nid fi yw seren y parti fel arfer – dwi'n gadael y rôl yna i Jake. Ond y noson honno, fi wnaeth hoelio sylw'r dorf. Am y tro cyntaf yn fy mywyd, fi oedd y dyn digrif! Yn ôl pob golwg, roedden nhw'n fy hoffi i! Ymhlith yr holl ddiethriaid yna, dechreuais i deimlo'n hapus yn fy nghroen. Yn anffodus i Merf, digwydd bod, mae gen i ddawn at chwarae Tippit. Phrynais i ddim un rownd y noson honno.

Daeth Delyth draw i gasglu'r gwydrau gwag ar ddiwedd y noson. Dechreuodd hi siarad yn Gymraeg cyn newid yn glou i'r Saesneg, wrth gofio fy mod i yno.

'Don't switch for me. I love to hear you speaking Welsh. It sounds so wonderfully lyrical! What you just said then, *Naydee pasho* … What does it mean? It sounded like poetry!'

'It means "Pass us that glass, will ew?"' meddai hi, a phawb yn chwerthin eto.

Dwedodd Merf ei fod e'n mynd i'r mart fore trannoeth, a gan nad o'n i erioed wedi bod mewn un o'r blaen, gofynnais i a allen i ymuno ag e. Sai'n credu ei fod e wir yn disgwyl i fi godi am chwech er mwyn mynd. Ond fe wnes i. Eisteddais i yn ei dryc drewllyd gan gwtsho lan at Cap y ci defaid, a gofyn i mi fy hunan pam yn y byd o'n i wedi dod a pham yn y byd byddai Merf wedi galw ei gi'n 'hat'. Ond jiw, dwi'n falch iawn i mi fod yn y mart y diwrnod hwnnw, oherwydd dyna lle welais i hi am y tro cyntaf: Myfanwy. Cwrls melynwyn yn bownsio, llygaid mawr tywyll yn sgleinio. Sôn am gariad ar yr olwg gyntaf! Roedd hi'n cuddio yng nghefn ôl-gerbyd, doedd hi ddim wir ar werth ac roedd hi i fod yn anifail anwes i wyres yr ocsiwnïar. Yn anffodus iddi hi, mae arian Llundain yn mynd yn bell yn ne Cymru. Ond dydw i ddim yn teimlo'n euog – gall y groten fach gael sawl alpaca am yr arian dalais i.

Pan sylweddolodd Merf fy mod i wedi prynu alpaca, wnaeth e wylltio'n lân. Roedd e'n ceisio fy mherswadio i roi Myfanwy yn ôl, ond doedd dim gobaith ganddo fe. Ro'n i mewn cariad! O'r diwedd, fe wnaeth e gytuno i'w chadw hi ar ei fferm am gwpl o nosweithiau nes 'mod i'n meddwl am syniad gwell. Daeth datrysiad i'r broblem y noson honno yn y Bedw (neu'r Feddw, fel mae'r pentrefwyr yn ei galw hi). Wnaeth Tegwyn Pen-y-bryn gyfaddef ei fod e eisiau gwerthu ei fferm a dechrau gyrfa newydd ym myd gwleidyddiaeth.

'I'll buy it from you,' dwedais i. Wnaeth pawb chwerthin

eto. Wir i chi, ro'n i'n teimlo fel Max blydi Boyce. 'I'm serious!'

'It's 145 acres,' meddai Merf. 'What you gonna do with 145 acres and one alpaca?'

'I dunno ... breed alpacas?'

'You got more money than sense, mun!'

'Perhaps.'

'Well. For one thing, you're gonna need another alpaca.'

Y gwir yw, ro'n i'n gwybod bydde'n rhaid i fi ddipio i mewn i'r cyfrif ar y cyd am yr arian i brynu'r fferm. Y foment fydden i'n ceisio codi'r arian, bydde Jake yn gwybod amdano. Efallai taw jest £1.2 *million pound cry for help* oedd e. Sai'n gwybod. Ta waeth, fe ffoniodd y banc er mwyn cadarnhau'r taliad, a gan fod fy ffôn i mewn tanc pysgod aur, fe ffoniodd y banc Jake. Wrth gwrs, fe roiodd Jake stop ar y taliad yn syth. Erbyn wyth o'r gloch yr hwyr, roedd Jake yn eistedd wrth far y Bedw gyda gwydraid o win Bwrgwyn yn ei law yn gwrando arna i'n ceisio esbonio fy ymddygiad lloerig. Roedd pob hawl ganddo fe i fod yn flin gyda fi, ond y gwir oedd ei fod e mor hapus nad o'n i wedi topio fy hun nes ei fod e'n eithaf parod i wrando arna i. Fe gloiodd Delyth ddrysau'r dafarn am un ar ddeg, ac am bedwar y bore, roedden ni'n dal yno, fi a Jake, yn siarad o flaen y tân. Fe daerais i nad o'n i byth yn mynd yn ôl i Lundain. Roedd y peth yn hollol wallgof, ond ro'n i wedi gwneud fy mhenderfyniad. Ro'n i'n dewis Myfanwy; ro'n i'n dewis Cymru. Wrth lwc, dewisodd Jake finnau. A dyma ni, bron i bum blynedd wedyn, yn hapus ein byd, yn rhedeg busnes alpacaod llwyddiannus, ar fin priodi! On'd yw hi'n od sut mae bywyd yn troi mas?

Peter

Ta waeth. Nid honno oedd y stori ysgrifennodd Holly yn y *Western Mail*. Rydw i'n anfodlon iawn. Doedd hi ddim y math o erthygl ro'n i'n ei disgwyl o gwbl. Roedd hi wedi llwyddo i droi popeth ddwedais i i wneud hwyl am fy mhen. Fe ddwedais, er enghraifft, fy mod i wedi mentro i'r blogosffer gyda fy mlog, 'For the love of Alpacas'. Fe ddwedais i hefyd mai AlpacaMadPeter yw fy enw Trydar. Ond ddwedais i ddim: 'Mae gen i 254 o ddilynwyr, felly mae'n swyddogol – dwi'n aelod o'r Twitterati! Dwi'n hoffi meddwl am fy nilynwyr fel Praidd Peter!' Ni ddwedais i chwaith, 'Bydden i'n priodi Myfanwy petasen i'n cael.' Celwydd noeth! Mae Holly yn malu awyr yn llwyr. Fe fydd hi'n clywed wrth fy nghyfreithiwr, credwch chi fi.

Es i mewn i'r dosbarth Cymraeg yr wythnos yma gan obeithio nad oedd neb wedi darllen yr erthygl yn y *Western Mail*. Ddwedodd neb air i ddechrau, felly ro'n i'n meddwl fy mod i'n saff. Roedd pawb yn rhy brysur yn siarad â'r dyn newydd yn ein plith. Roedd Siwan wedi dod â'i chariad newydd, Rhun, i'r dosbarth 'er mwyn ein helpu ni i ymarfer y gwaith llafar'. Esgus i wneud sioe o'r ffaith ei bod hi'n cael ei thamaid, yn fwy tebyg.

'Mae Rhun yn dda iawn am wneud *roleplay*, on'd wyt ti, Rhun?' meddai Siwan.

'Betia i ei fod e …' dwedodd Caryl o dan ei hanadl. Hi oedd y gyntaf i gael cyfweliad ffug gan Rhun. Roedd e'n esgus bod yn gyflwynydd teledu ac yn gofyn iddi am ei phrofiad o ddysgu Cymraeg. Doedd e ddim fel unrhyw gyflwynydd S4C dwi wedi'i weld o'r blaen. Fe gymerodd Rhun y busnes yn llawer gormod o ddifrif – roedd yn fwy tebyg i Alan Sugar nag Alun Elidir.

'Datganwch y rheswm pam y dechreusoch chi ddysgu Cymraeg.'

'"Datganwch"? Blincin fflip,' meddai Caryl. Llygadu Caryl yn flin wnaeth Siwan. Roedd ceg Glesni'n gwenu'n gwta. Ond chwarae teg i Caryl – gwnaeth hi ei gorau.

'Unwaith y flwyddyn, mae brigâd dân yn dod mewn i siarad â'r plant ysgol am ddiogelwch tân. Daeth Siôn i mewn i'r ysgol lle rwy'n gweithio fel athrawes miwsig. Wnes i ffansïo fe o'r foment welais i fe yn ei wisg diffoddwr tân.'

Dwi wedi cwrdd â Siôn, gŵr Caryl – chwarae teg, mae e'n dinboeth. Bydden i'n gadael iddo fe arllwys ei beipen ddŵr drosta i unrhyw bryd. Ta waeth. Pan glywodd Caryl ei fod e'n siarad Cymraeg, wnaeth hi ddefnyddio rhyw wefan gyfieithu *dodgy* er mwyn sgwennu nodyn iddo fe: 'Fe fwynhau i eich siarad i plant ynghlwm diogelwch tân. Hoffech chi cipio brath rywiol? Dyma fy rhif ...' Chwarddodd Glesni'n rhy frwdfrydig ar hynny.

'Wel, wnaeth e weithio!' ebychodd Caryl gan batio ei bol enfawr.

Ar ôl i bawb gael cyfweliad gyda Rhun ap Siwgr, wnaeth e adael y wers, gan ddweud ein bod ni i gyd yn wych ac y dylse pob un ohonom fynd am Ddysgwr y Flwyddyn eleni.

'Mae'n rhaid bod athrawes fendigedig 'da chi,' meddai, gan wincio ar Siwan.

'Af i i ffarwelio â Rhun a dof i 'nôl mewn pum munud,' meddai Siwan. 'Dwi moyn i chi agor eich gwerslyfr a throi at dudalen ...' Ffliciodd hi trwy'r llyfr a glanio at dudalen ar hap. '... Wyth deg dau. Cymerwch dro i ddarllen yn uchel. Peter, cer di'n gyntaf.' Wedyn, diflannodd hi drwy'r drws yn glouach nag ydych chi'n gallu dweud 'a quickie in the car park'.

Roedd yr erthygl ar dudalen 82 am dyrbinau gwynt. Roedd nifer o eiriau hir ac anodd ynddi. Dydw i ddim yn gallu darllen yn gyflym iawn yn Gymraeg, a phob tro wnes i faglu dros fy ngeiriau, roedd Glesni'n glou i lenwi'r bwlch. Yn y pen draw, rhoiais i'r gorau iddi.

'Why don't you read it, Glesni?' Edrychodd hi arna i'n hurt, yn amrantu'n glou a'r croen slac ar ei gwddw yn ysgwyd. Mae hi'n fy atgoffa i o dwrci awdurdodus.

'O'r gorau. Mi wnaf,' meddai o'r diwedd. Fe wnaeth hi lwyddo i ddarllen gweddill y darn heb faglu unwaith. Yr hen hwch. Pan ddaeth tro Caryl i ddarllen, dechreuodd fel hyn:

'Ni fydd 'na dyrbin gwynt yn y golwg pan ddaw priodas y ganrif i bentref bach Llanforgan ger Trebedw ...'

Ffrwydrodd pawb i chwerthin. A dyna lle o'n i'n meddwl 'mod i wedi llwyddo i gyrraedd diwedd y wers heb siw na miw am erthygl dramgwyddus Holly.

'Yes, yes, that's quite enough, thank you! Digon,' dwedais i.

'Wyt ti'n mynd i roi dy lofnod i ni, 'te?' gwenodd Sangita, wrth ddal ei chopi o'r *Western Mail* i fyny. Suddodd fy nghalon. Ro'n i'n dal i obeithio bod neb wedi gweld y pennawd: 'We're the only gays in the village!'

'Wel, yr unig beth ddweda i yw hyn: paid â chredu popeth ti'n darllen yn y papur.'

'O, dwi'n gwybod hynny! Nid chi yw'r unig hoywon yn y pentref yn un peth. Mae Twm Clocsio 'di bod mas ers blynyddoedd!' meddai Caryl.

'There are several factual inaccuracies, no doubt deliberately manufactured for the purpose of peddling papers.'

'It *does* make you sound like a bit of an alpaca-mad maniac.'

'Yes, diolch, Caryl, I am aware of that.'

'Kind of makes it sound like you're marrying an alpaca …'

'Cymraeg, bawb!' meddai Siwan wrth bowlio 'nôl mewn i'r stafell gan dwtio'i dillad.

Roedd Glesni'n chwerthin yn hunanfoddhaus.

'Mae'r erthygl hefyd yn dweud dy fod ti'n mynd am Ddysgwr y Flwyddyn! Ha!'

'Wel, digwydd bod, mae hynny *yn* wir. Awgrymodd Siwan fy mod i wedi bod yn cuddio fy noniau.'

'Wel, mae hynny yn ddiddorol iawn,' meddai Sangita. 'Oherwydd dyna'r union eiriau wnaeth hi ddefnyddio gyda fi!'

'A fi!' dwedodd Caryl.

'Fi hefyd!' galwodd Gwynfor.

'A finnau!' meddai Jemma. Troesom i gyd i wynebu Siwan. Trodd Siwan yn goch i gyd.

'Wel, nid bob blwyddyn dwi'n cael cyfle i ddysgu criw mor dalentog â chi!' meddai hi dan wenu'n ffug.

Clive

Mae Jemma'n helpu fi i ymarfer Cymraeg. Rydw i'n ei helpu hi yn y caffi. Rydw i'n rhoi llysiau iddi hi. Rydw i'n hoffi Jemma. Ond does dim teledu gyda hi. Dydw i ddim wedi gwylio *Pobol y Cwm* ers mis!

Siwan

Fe wnes i groesawu'r camera 'nôl i fy mywyd wythnos 'ma. A dweud y gwir, roedd hi fel gwisgo hen bâr o sliperi cyffyrddus! Fel roedd hi'n digwydd, roedd rhaglen Tinopolis ar gyfer dysgwyr yn gyfrwng rhy gul ar gyfer fy nhalent. Mae S4C wedi rhoi fy sioe fy hun i fi yn lle honna! Rhaglen ddogfen pryf ar y pared yw hi, yn fy nilyn i a fy siwrne wrth baratoi fy nosbarth ar gyfer Dysgwr y Flwyddyn. Dwi fel Gareth Malone ar gyfer yr iaith Gymraeg! Ond yn hytrach na gwragedd milwrol, mae gen i griw o ffriciaid a *weirdos*. Beth byns, maen nhw'n gwneud teledu da, on'd y'n nhw?

Rydyn ni wedi ffilmio'r teitlau agoriadol yn barod. Dwi'n cerdded tuag at y camera fel ysgolfeistres gydag agwedd.

'Fy enw i yw Siwan James, a dwi ar genhadaeth. Mae gen i chwe wythnos i droi saith dysgwr di-glem i fod yn arwyr yr iaith Gymraeg.' Dwi'n deall beth mae cynhyrchwyr eisiau – apêl rywiol, siwrne emosiynol a dagrau. Ac fe lwyddais i gael y rheiny yn y bennod gyntaf – da iawn fi!

Aeth y wers gyntaf gyda'r criw teledu'n hynod o dda. Ro'n i'n gwisgo sgert bensel a blows sidan wedi'i datod tuag at rigol fy mronnau. (Apêl rywiol – tic!) Roedd popeth yn mynd yn dda iawn. Ro'n i'n dangos y cytgord anhygoel sy rhyngof i a fy myfyrwyr. Ro'n i'n chwerthin ac yn jocian gyda nhw wrth ofyn am eu penwythnosau. Diolch byth am fy hyfforddiant actio proffesiynol! Wir i chi, dwi'n gallu ffugio diddordeb yn y pethau mwyaf diflas. Fel Clive a'i blincin llysiau, er enghraifft. Mae'n debyg ei fod wedi ennill gwobr am y gwreiddlysieuyn mwyaf gyddfog yn sioe'r Sir. (Dylyfu gên!)

'Waw-i Clive, llongyfarchiadau! Beth am guro dwylo, bawb?' dwedais i dan wenu.

Roedd Jemma'n curo dwylo fel mam falch. Mae'n rhaid i fi ddweud, mae Cymraeg Clive wedi gwella'n dalps. Mae'n siarad yn undonog o hyd, ond o leiaf mae e'n defnyddio brawddegau llawn. Mae e hyd yn oed wedi dechrau treiglo!

'Gobeithio bydd dy lwc yn parhau hyd at yr Eisteddfod, Clive! Cofiwch bawb, mae rhagbrawf cyntaf Dysgwr y Flwyddyn yn y Gerddi Botaneg dydd Sadwrn yma. Dwi'n edrych ymlaen at weld pob un ohonoch chi yno.' Roedd Peter y Pishyn yn sôn am drefniadau ei briodas. Mae'n cael trafferth dod o hyd i ddigon o *bunting*, felly mae e wedi perswadio'r gangen leol o Ferched y Wawr i wneud peth. Wir i chi, mae'r dyn yna'n gallu swyno'r adar o'r coed! Mae hefyd yn sôn am gynnwys ei hoff alpaca yn y seremoni. Chi'n deall y math o hurtion dwi'n gorfod delio gyda nhw? Yn anffodus, roedd Sangita Persaud (menyw jacôs), yn ceisio tawelu'r hwyl drwy ddweud bod ei mam yng nghyfraith yn sâl ofnadwy. O leiaf ges i gyfle i ddangos pa mor gydymdeimladol dwi'n gallu bod. Un amlddoniog ydw i. Symudais yn go handi at Gwynfor Gwefus Gwlithen.

'Dwi'n mynd i briodi fy merch penwythnos yma,' dwedodd e. Gyda'r criw yma, ni fyddai dim byd yn fy synnu, ond fe fentrais i ei gywiro.

'Dwi'n meddwl mai'r hyn rwyt ti eisiau ei ddweud yw, "Dwi'n mynd i briodas fy merch y penwythnos yma."'

'Nage, Siwan. Rwyf wedi bod yn astudio. Fi sy'n gwneud y seremoni.'

'Wel, ni fydd hi'n gyfreithiol,' meddai Glesni. Dyw hi byth yn colli cyfle i bisio ar tsips neb.

'Dwi'n deall hynny,' meddai Gwynfor yn amyneddgar. 'Maen nhw'n mynd i'r swyddfa gofrestru leol, wedyn ry'n ni i gyd yn hedfan i Marbella, lle fydda i'n arwain seremoni bendith ar y traeth. Efallai, Jemma, alli di neud hud i ni ar gyfer tywydd braf!'

Fe wenodd honno'n addfwyn.

'Wna i ofyn i'r bydysawd …'

'Ond Gwynfor,' dwedais i'n ofalus, 'beth am y rhagbrawf?' (Ac yn bwysicach, beth am fy rhaglen deledu?)

'Mae'n flin 'da fi, Siwan, ond dwi'n methu bod yno.' Ro'n i'n gallu teimlo chwys yn codi fel drain ar fy nghroen.

'Trueni na soniaist ti am hyn yn gynharach, Gwynfor,' dwedais i dan wenu.

'Wel, ry'n ni i gyd yn gwybod taw nid fi sy'n mynd i ennill ta beth,' atebodd Gwynfor, a gwên ar ei wefus lysnafeddog.

'Gwynfor! Paid â dweud y fath beth! Ti byth yn gwybod …' Ro'n i'n gallu teimlo lens y camera'n closio at fy wyneb, felly wnes i'r hyn sy'n broffesiynol: dal ati gyda'r wers.

Ro'n i wedi neud cryn dipyn o ymdrech i baratoi gwers hollol syfrdanol i'r hurtion wythnos yma. Ro'n i wedi dyfeisio gêm hollol wreiddiol a doniol o'r enw Canu Bingo. Roedd rhestr o eiriau gyda'r dysgwyr i'w ticio pan fyddent yn fy nghlywed i'n eu canu nhw. Roedd y person cyntaf i glywed y chwe gair i fod i weiddi 'Bingo'! Rhaid i fi ddweud 'mod i'n eithaf balch o'r syniad yma. Dwi'n meddwl bod potensial ganddo ar gyfer fformat cwis – rwyf wedi e-bostio Angharad Mair Tinopolis amdano yn barod! Beth byns, des i â seiloffôn i mewn – sori, *glockenspiel*, fel mae Glesni wedi fy nghywiro i – felly mi gyfeiliais i mi fy hun wrth ganu un o fy hoff ganeuon. Ro'n i wedi treulio oesoedd yn ei chyfieithu hi'r noson gynt.

> Ffarwél Norma Jean, er na nes i ddim dy nabod di o gwbl,
>
> Roedd gen ti osgeiddigrwydd,
>
> Tra oedd y rheiny oedd o dy gylch yn cropian.
>
> Fe gropiasant allan o'r gwaith coed
>
> Yn sibrwd mewn i dy ymennydd,
>
> Yn dy roi di ar felin draed
>
> A dy orfodi i newid dy enw …

Ro'n i newydd ddechrau'r gytgan emosiynol pan ganodd ffôn symudol Jemma. Mae ganddi dôn *The Littlest Hobo* ar ei ffôn. Roedd hi'n anodd i fi guddio fy mhiwisrwydd.

'Sori! I'll just, erm …'

Fe drois i at y dyn camera.

'Ewn ni eto, Gav?' Trodd Gav at Teleri, y gyfarwyddwraig. Wir i chi, mae hi'n edrych fel petai hi newydd raddio o'r coleg cyfryngau. Mae gen i nicers sy'n fwy profiadol na hi. Rwyf wedi ceisio cymryd Teleri dan fy adain i ryw raddau, ond mae hi'n ystyfnig ofnadwy. Mae'n mynnu nad oes dim ailsaethu i fod oherwydd mai 'rhaglen ddogfen' yw hi … rhyw nonsens am 'ddiogelu ymddiriedaeth y gwylwyr'.

'Wna i jest ddechrau eto 'te,' dwedais i.

Cyn i fi gael cyfle i ganu mwy na brawddeg,

'Bingo!' ebychodd Caryl.

'Caryl! Mae'n amhosib i ti fod wedi clywed pob un o dy chwe gair eto. Dwi
heb ddechrau canu!'

'Ond mae gen i NABOD, GOSGEIDDIGRWYDD ...'

'Wel, beth am esgus nad wyt ti wedi eu clywed nhw eto, ocê?'

Blydi amaturiaid.

Ro'n i'n dechrau am y trydydd tro pan ganodd *The Littlest Hobo* unwaith eto. Wir i chi, ro'n i eisiau taflu batonau'r blincin *glockenspiel* at ben Jemma!

'Sori!' bloeddiodd hithau. Wedyn, er cryn ddicter i mi, atebodd hi'r ffôn!

'Beth am dorri fan 'na ac ewn ni eto unwaith mae Jemma wedi diffodd ei ffôn?' awgrymais.

Ond y foment honno, saethodd llaw Jemma dros ei cheg. Wrth lwc, roedd y camera'n dal i droi tra oedd llygaid Jemma'n llenwi. (Dagrau – tic!)

'Is everyone out? I'll be right there,' meddai hi.

'Beth sy'n bod, Jemma? Ydy popeth yn iawn?' holais i mewn llais pryderus.

'No. I mean, nadi. Mae Llys Bryn Mawr ... ar dân.'

Ro'n i'n barod am fy *close-up*.

'Ar dân!' meddwn i mewn sioc. (Siwrne emosiynol. Tic!) 'Beth yn y byd ddigwyddodd?'

'Dy'n ni ddim yn gwybod eto ... Mae'r frigâd dân wedi cyrraedd, ond dydyn nhw ddim wedi llwyddo i ddod o hyd i fy tad eto.'

'Fy *nhad*,' atgoffais hi'n garedig. 'Ti'n gwybod beth, Jemma? Cer. Paid â becso dim am y wers yma. Mae rhai pethau'n fwy pwysig na theledu.'

Roedd hi'n edrych arna i'n hurt.

'Dwi'n gwybod, Siwan. Dwi'n mynd nawr!'

Roedd hi'n edrych fel tase hi'n grac 'da fi! Ond dwi'n fodlon disytyru hynny oherwydd difrifoldeb y sefyllfa.

Wel, ar y gair, fe gododd Clive hefyd.

'Dof i gyda ti, Jemma,' meddai, a chydio yn ei llaw! Mae'n debyg eu bod nhw'n rhyw fath o 'eitem'! Felly bant â nhw, yn edrych fel *Y Twits* gan Roald Dahl. Ro'n i'n becso y byddai'r myfyrwyr eraill am adael hefyd!

'Dwi'n gwybod ein bod ni i gyd yn cydymdeimlo â Jemma, ond fel maen nhw'n ei ddweud yn y byd perfformio, *the show must go on*. Nawr 'te, ble o'n i?' Y tro hwn, fe lwyddais i ganu'r gân gyfan drwyddi heb fod unrhyw un yn torri ar fy nhraws.

Drannoeth, doedd Jemma ddim yn y dosbarth yoga. Rwyf wedi rhoi'r gorau i Zumba erbyn hyn. Doedd e ddim i fi – yr holl siglo blonegog 'na gyda chriw canol oed anobeithiol! Mae yoga'n fy siwtio i'n well o lawer. Mae'r enwogion i gyd wrthi – Gwyneth Paltrow, Kim Kardashian, Sara Lloyd-Gregory … Yr unig broblem wrth wneud yoga mewn tref fach yw dy fod yn bownd o fod yn nabod rhywun yn y dosbarth. Mae Jemma wastad yn rhoi ei mat ar bwys fy un i fel petaen ni'n ffrindiau mawr. Fydde dim ots gyda fi heblaw am y ffaith nad yw llysyddiaeth a yoga'n gyfuniad da. Yr holl lentiliaid 'na! Ddweda i hyn: so chi eisiau bod yn y cyffiniau pan mae Jemma'n gwneud ei *downward dog*. Beth byns. Tro yma, doedd Jemma ddim yno. Ro'n i'n joio'r awyr iach. Yn anffodus, dyw pawb yn y dosbarth yoga ddim yn parchu'r awyrgylch myfyriol. Roedd rhaid i fi ddweud *hisht* wrth gwpl o'r menywod tu ôl i fi sawl gwaith. Ro'n i'n ceisio canolbwyntio ar fy *sun salutation*, a'r unig beth ro'n i'n gallu ei glywed oedd y ddwy oedd yn sibrwd.

'Mae sôn bod Llys Bryn Mawr wedi mynd ar dân achos rhyw arogldarth dewiniol.'

'Ca' dy ben!'

'Wir i ti! Glywais i wrth Ceri Morgan y fferyllydd.'

'Wel, y jiw jiw!'

'Mae'n debyg fod rhyw hipis wedi bod yn byw ar y tir!'

'Nefi blw!'

Bu'n rhaid i fi ymyrryd yn y pen draw. Wrth neud fy *salutation*, ymestynnais i reit yn ôl a lled-gyffwrdd ag un o'r hen fusneswyr nes iddi golli ei balans a chwympo mewn i'w ffrind.

'Mae mor flin 'da fi!' ebychais i. 'Damwain lwyr!' Ro'n nhw'n dawel am weddill y wers.

Wir i chi, mae yoga wedi newid fy mywyd! Sai erioed wedi bod mor hyblyg ... ffaith y gall fy ffrind ffwrcho o Winker dystio iddi'n llawen. A dweud y gwir, do'n i ddim yn disgwyl gweld Hogyn Horni byth eto, ond pan es i adre o fy nghyfarfod gydag Ange yn Tinopolis, ges i sioc o weld ei fod e'n dal yn fy fflat! Roedd e wedi cwtsho ar y soffa, ac roedd e'n stwffio'i wyneb gyda fy *mousse* siocled wrth weithio ei ffordd trwy lwyth o fy hen fideos *Pobol y Cwm*! A digwydd bod, pan es i i mewn, roedd e wedi cyrraedd pennod reit dda, lle'r oedd Erin wedi troi at buteindra er mwyn talu am ei chyffuriau.

'Plis deud wrtha i fod gen ti'r bŵts 'na o hyd!' meddai fe.

'Wel, digwydd bod, oes …' Roedd hynny chwe wythnos yn ôl. Ers hynny, mae Hogyn Horni a finnau wedi bod yn gweld cryn dipyn o'n gilydd. A dweud y gwir, dwi ddim fod i alw Hogyn Horni arno rhagor – mae e wedi gofyn i fi ddefnyddio ei enw go iawn, sef Rhun. Er, mae e'n fy ngalw i'n bob math o enwau – 'fy angel', ''nghariad i', 'Sgwishi' … Dim ond rhyw yw e, cofiwch. Bob tro dwi'n ei weld e, dwi'n penderfynu peidio â'i weld e eto. Nid Mr Right yw e – ddim o bell ffordd. Mae'n gochyn i ddechrau arni. Ac mae e dros ei bwysau. Ac mae e'n gweithio yn y byd IT. Diflas! Ond diawl erioed, mae'r rhyw yn ffantastig! Mae stamina gydag e. A dychymyg hefyd. Mae e wrth ei fodd â'r ffaith 'mod i'n actores broffesiynol, ac rydyn ni wedi dechrau 'bach o 'chwarae rôl' yn ddiweddar. Hyd yn hyn, mae e wedi bod yn blymar (wedi dod i drwsio fy mhibau!), yn ofalwr yn y coleg lle dwi'n dysgu Cymraeg, ac yn ddyn danfon pitsa! Mae'n eithaf annwyl, a bod yn onest. Roedd e hyd yn oed wedi cofio fy mod i'n casáu olifau ar fy mhitsa.

Mae Rhun yn meddwl dylen i wneud mwy i hybu fy hunan fel actores, felly mae e wedi cynnig creu gwefan i fi – mae rhai manteision i'r ffaith ei fod yn *geek*, sbo! Gethon ni bip ar wefan Sara Lloyd-Gregory fel ysbrydoliaeth. Nawr 'te, dyna beth yw *classy*. Yn ôl Rhun, rydyn ni'n dwy yn edrych fel chwiorydd. Wrth gwrs, nid fe yw'r person cyntaf i sôn am y tebygrwydd rhyngof i a Sara – mae'n sbwci a dweud y gwir.

Beth byns, yn ffyddlon i'w air, ymddangosodd Rhun

ar fy nhrothwy dydd Sadwrn gyda'i gamera digidol yn un llaw a photelaid o Prosecco yn y llall. Fe dreulion ni'r prynhawn yn tynnu lluniau ohona i mewn ystumiau a gorweddiadau gwahanol. Roedd Rhun yn awyddus i gael fy wyneb mewn golau naturiol, felly aethon ni i'r ardd. Ro'n i'n gwisgo fy hoff ffrog fain ddu ar y pryd, ac roedd llenni Mrs Williams drws nesaf yn plycian! Roedd Rhun yn fy ngalw i'n 'awen' erbyn hyn. Am bedwar o'r gloch, rhoddodd y camera i lawr, gan ddweud nad oedd e'n gallu ei reoli ei hun rhagor.

'Ond beth am y lluniau?' holais i wrth iddo fy nghodi oddi ar fy nhraed a mynd am y grisiau.

'Mae hen ddigon gen i rŵan ...' Ond ro'n i wedi dechrau cael blas ar fod yn fodel.

'Beth am i ni fynd â'r camera lan lloft 'da ni?' awgrymais i.

'Siwan James! Ti'n hogan fach ddrwg!'

'Paid anghofio'r Prosecco!'

Erbyn i ni orffen y botel ro'n i'n teimlo'n llai fel Sara Lloyd-Gregory a mwy fel Dita Von Teese ...

*

Roedd rhaid i Rhun fynd bant gyda'i waith yr wythnos ganlynol, ond roedd e wedi addo gweithio ar fy ngwefan yn ei amser sbâr, ac fe drefnon ni iddo ddod draw nos Iau er mwyn dangos ei waith i fi. Chlywais i'r un smic wrtho fe am ddyddiau. O'r diwedd, nos Iau ges i decst wrtho'n dweud ei fod e dan y don â gwaith. A dweud y gwir, roedd yr amser ar wahân wedi bod yn beth da. Mae'n lladdfa bod yn berten fach bryfoclyd o hyd! Ro'n i'n falch i fod 'nôl yn fy hen byjamas cyffyrddus â phaned o siocled poeth. Dechreuodd drwgdybiaeth dreiddio i gorneli fy meddwl. Mewn gwaed oer, efallai fod yr holl fusnes gyda Rhun yn syniad gwael. Doedd dim amser gyda fi am ramant – ro'n i am ganolbwyntio ar fy ngyrfa. Penderfynais ofyn am y lluniau drwg yn ôl a dod â phethau i ben gyda Rhun. Yn bendant. Yn syth ar ôl iddo wneud fy ngwefan …

Drannoeth, ces i damaid o newyddion da. Ro'n i wedi cael galwad wrth fy nghyfrifydd, Birgit, yn gofyn i fi ddod mewn i'w swyddfa. Fel arfer, mae'n gas gen i fynd i weld Birgit. Yn un peth, dwi'n methu dweud ei henw'n iawn, ac yn ail, mae hi'n dipyn o arth. A dweud y gwir, mae hi'n waeth na Glesni a'i hagwedd ffroenuchel. Beth byns, y diwrnod hwnnw, ro'n i'n hoff o Birgit. O'r diwedd, ro'n i'n gallu talu gweddill hen fil treth sy 'da fi o hyd. Fe ges i fy hun mewn tipyn o bicil ar ôl i fi adael *Pobol y Cwm*, chi'n gweld. Diolch byth, wrth fy nedfrydu yn y llys, dwedodd y barnwr taw mater o flerwch a diffyg trefn oedd e, yn hytrach nag ymgais fwriadol i osgoi talu treth. Gorchymynnodd fi i gyflogi cyfrifydd a thalu £150,000 yn ôl, a llog ar ben hwnna. Rwyf wedi bod yn talu ychydig bach bob mis dros y deng mlynedd diwethaf, ac erbyn hyn – wel, diolch i'r hysbyseb eli pen-ôl yna – dwi'n rhydd o'r diwedd! Ro'n i ar ben fy nigon. Ro'n i am rannu fy newyddion da gyda rhywun, ond roedd Mam a Dad dramor o hyd a doedd Ceri ddim yn ateb ei ffôn. Halais i decst at Rhun wrth i fi gerdded i'r orsaf bysiau.

Dathliad chez moi! Wna i ddarparu'r mousse siocled, dere di â'r Prosecco!

Wrth i fi decsto, des i'n ymwybodol o griw o laslanciau ar ochr arall yr heol.

''Ow's yer arse?' gwaeddodd un.

'I beg your pardon?' atebais yn drwynsur.

Wedyn dechreuodd un ohonynt hercian wrth ddal ei din. Crechwenodd yr hen fenyw oedd yn sefyll ar fy mhwys i yn yr arhosfan bysiau. Ac wrth i fi droi ati hi, fe welais i fe: poster anferth, reit ar bwys y safle bws. Llun anferth ohona i, yn griddfan wrth i fi blygu lawr i eistedd ar borciwpein. 'ANULEVE', bloeddiai'r pennawd. 'Leave behind that pain in the behind'.

Penderfynais i gerdded adre.

Roedd fy nhudalen Facebook yn orlawn o negeseuon. Roedd pobl dwi ddim wedi siarad â nhw ers blynyddoedd wedi cysylltu â fi i gynnig rhyw ffraethineb. Ro'n i'n gorfod tynnu fy mhroffil oddi ar Winker oherwydd ges i ribidires o negeseuon niwsans.

I hear your arse needs servicing.

Alla i rwbio eli yn dy din?

Chi'n gwybod y math o beth.

Ond gan yr unig berson ro'n i'n disgwyl clywed wrtho fe … wel, dim smic. A dyna'r sarhad mwyaf, oherwydd fi sy fod i ddympio fe! Beth byns. Twll dy din di, Rhun! Yn llythrennol.

Roedd hyd yn oed Mam wedi ffonio – o long griws ym Môr y Canoldir.

'Y prif beth yw dy fod di'n gallu talu'r hen fil treth 'na. Does dim ots beth maen nhw'n ei ddweud amdanat ti ar-lein – mae dy dad a finnau yn falch iawn ohonot ti.'

'Rhaid i fi fynd, Mam, dwi'n derbyn galwad wrth fy asiant …' (Celwydd noeth.)

'Grêt! Ti byth yn gwybod – falle gei di fwy o waith nawr bod dy broffil mor … amlwg unwaith eto.'

'Ta-ra Mam.' Rhois y ffôn i lawr gyda'r chwerwedd arferol ar ôl siarad â fy rhieni. Wrth gwrs, fydden i ddim yn y llanast 'ma tasen nhw wedi talu'r bil i fi yn y lle cyntaf yn hytrach na mynnu fy mod i'n dysgu am 'gyfrifoldeb'. Dyw e ddim fel tase'r arian ddim 'da nhw. Maen nhw wastad bant fan hyn a fan draw dros y byd, yn gwario fy etifeddiaeth fel dwn i ddim be. Beth byns. Roedd rhywbeth arall yn fy mhoeni i – rhywbeth wedodd fy mam.

Does dim ots beth maen nhw'n ei ddweud amdanat ti ar-lein.

Do'n i ddim yn credu y gallai pethau fynd yn waeth nes i fi deipio fy enw i mewn i Google. Roedd rhes hir o sylwadau amdana i ar wahanol wefannau.

Worst advert ever!

Who cast the hag with the massive bum?

Roedd rhywun hyd yn oed wedi sefydlu gwefan SiwanJamesArse.com. Rhyw *saddo* wedi cymryd yr amser i wneud fersiwn wahanol o'r hysbyseb deledu gyda cherddoriaeth rap a lluniau ohono i ar fin eistedd ar res o bethau *hilarious* fel Tŵr Eiffel, cath fach, pen Boris Johnson …

Ro'n i'n teimlo'n sâl. Ro'n i eisiau cropian mewn i fy ngwely a chuddio am byth. Dyna lle ro'n i pan ddechreuodd y ffôn ganu. Am ryw reswm twp, ro'n i'n gobeithio taw Rhun oedd yno, felly ges i sioc i glywed llais Paul, fy asiant. Dyw e ddim wedi fy ffonio i – yn bersonol

– ers, wel, erioed. Ro'n i'n teimlo'n dostach fyth. Roedd e ar fin cael gwared ohonof i. Ro'n i'n siŵr o hynny.

'Siwan, cariad! Sut mae?'

'Paul?'

'Sut mae'r *internet sensation* fwyaf yng Nghymru?'

'Dwi wedi bod yn well, a dweud y gwir, Paul.'

'Nonsens, pwt. Nawr 'te, mae gen i newyddion da a newyddion drwg …'

'Dwi wedi colli fy rhaglen ar S4C, o'nd ydw i?'

'Nid colli – maen nhw jest eisiau lleihau'r peth, dyna i gyd.'

'Lleihau?'

'Ei droi e'n eitem wythnosol ar *Prynhawn Da*.'

'EITEM WYTHNOSOL? Ro'n i i fod i gael fy nghyfres fy hun! Dwedest ti na fydde neb yn gweld fy wyneb ar y blincin hysbysebion eli pen-ôl! Dwedest ti bydden i'n ffŵl i wrthod yr arian! Ro'n i'n ffŵl i wrando arnat ti!'

'Paid â chael dy nicers mewn twist nawr, Siwan. Dwedais i fod newyddion da hefyd, naddo fe? Mae'r ffôn wedi bod yn canu'n ddi-stop. Mae pawb eisiau cyfweliad 'da ti! *This Morning*, Lorraine Kelly, *Loose Women*! Ti'n seren dros nos! Sut wyt ti'n ffansïo bod yn gystadleuydd ar *Big Brother*?'

Ar ôl i fi roi'r ffôn i lawr, dechreuais i deimlo 'bach yn well. Siwan James, seren y we fyd-eang! Da iawn fi!

Sangita

Roedd pawb yn y dosbarth Cymraeg wedi gweld yr erthygl yn y *Western Mail*, ond soniodd neb amdani. Roedd arogl alcohol yn hongian ambythdu Siwan fel persawr sur.

'Ble mae'r criw teledu?' gofynnodd Glesni. Dwi'n meddwl ei bod yn eithaf joio ei phymtheg munud o fod yn enwog.

'Dyw'r criw camera ddim yn dod i'r gwersi Cymraeg eto,' mwmialodd Siwan yn aneglur, 'ond byddan nhw'n dala lan â chi yn rhagbrofion Dysgwr y Flwyddyn.'

'Beth? Dyna drueni! Pam?' ebychodd Glesni, nes i Caryl ei chicio hi o dan y ford. Smiciodd Glesni ei llygaid yn glou mewn syndod.

'Heddiw, ry'n ni'n mynd i wylio pennod o *Pobol y Cwm*,' meddai Siwan.

'Na!' ebychodd Peter, yn sefyll lan. 'Dy'n ni ddim!'

'Beth?'

'I know no-one wants to mention the elephant in the room but –'

'Siarad Cymraeg plissshsh!' ymbiliodd Siwan.

'Os oes rhaid i fi wylio un hen bennod arall o *Pobol y Cwm*, dwi am ladd fy hun. Gan fod ein hathrawes yn … wel … dyw hi ddim yn hi ei hun, dwi'n awgrymu ein bod ni i gyd yn ymarfer gwaith llafar … yn y Cyfeillion.'

'I'm in!' meddai Caryl, yn pacio ei bag yn syth.

'Syniad gwych!' meddai Gwynfor.

'After the week I've had? Yes,' meddai Jemma. Dim ond Glesni oedd yn anfodlon. Aeth hi adre, wedi pwdu.

Roedd y Cyfeillion yn dawel, felly geson ni'r ford orau gyda'r soffas cyffyrddus. Roedd hi'n dda cael cyfle i siarad Cymraeg yn fwy naturiol. Mae deunydd trafod llyfr y cwrs yn eithaf sych. Does gen i ddim llawer mwy i'w ddweud am ffermydd gwynt a hela llwynogod. Ond y posibilrwydd bod 'na losgwr yn Nhrebedw? SiwanJamesArse.com? Nawr 'te, roedd rheiny'n bynciau gwerth eu trafod!

Roedd Wynfford y barman yn hapus i'n gweld ni eto. Roedd e'n tynnu coes Jemma, yn gofyn iddi gyda winc a oedd hi eisiau '*the usual*'?

'Dim diolch. Heddiw, mae eisiau fodca arna i. Un mawr, plis. A digon o iâr ynddo.'

Roedd cwpl o ferched ifanc yn eistedd yng nghornel y dafarn yn chwerthin. Roedd papur newydd rhyngddynt.

'It's her!' sibrydodd un. Wnaethom ni eu hanwybyddu nhw a cheisio canolbwyntio ar hanes Jemma.

'Dwi dal ddim yn deall pam roedd dy dad yn Llys Bryn Mawr yn y lle cyntaf,' meddai Peter.

'Dyna le mae fe'n byw.'

'Dy dad? Dy dad *di*?'

'Ie.'

'A ti'n byw mewn *yurt* … ar y tir.'

'Ydw.'

'Ydyn nhw'n gwybod sut dechreuodd y tân?' gofynnais.

'Ddim eto. Ni'n dal i aros i glywed yr adroddiad.'

Roedd Caryl yn bihafio'n od iawn. Roedd hi'n awyddus i newid y pwnc yn glou.

'Sut mae'r trefniadau'n mynd ar gyfer y briodas, Peter?' meddai.

Doedd dim taw arno wedyn. Roedd sôn am *favours*, trefn eistedd, twmpath, y disgo.

Roedd llygaid Siwan yn pylu.

'Siwan, wyt ti'n iawn, o ddifri?' gofynnais iddi'n dawel.

'Odw glei,' meddai, yn gorwenu.

Wrth i'r noson lusgo yn ei blaen, roedd y merched ifanc yn y gornel yn dechrau siarad yn uwch a chwerthin yn fwy gwyllt. Roedden nhw'n tynnu lluniau o Siwan ar eu ffonau symudol. Aeth un at y jiwc-bocs gan esgus gollwng y papur ar bwys ein bord ni. Roedd y pennawd yn gweiddi:

'Washed-up Welsh soap star becomes the butt of the joke.'

Wnaeth Gwynfor geisio achub Siwan rhag y cywilydd.

'I think you dropped your newspaper, young lady,' meddai, gan roi'r papur yn ôl i'r ferch.

'Oops,' meddai hi.

'Do you want me to sign it for you?' meddai Siwan, gan dynnu pen mas o'i bag llaw. Doedd y ferch ddim yn disgwyl hynny. Cyn iddi allu dweud dim, roedd Siwan wedi cipio'r papur ac arwyddo'r llun o'i phen-ôl enwog gyda steil.

'Laugh it up, girlfriend,' meddai hi wrth roi'r papur yn ôl i'r ferch, ''cos *I'm* laughing all the way to the bank.' Roedd hi'n amlwg wedi bod yn ymarfer y llinell yna o flaen y drych gartre, ond doedd dim ots – wnaeth hi weithio! A derbyniodd hi gymeradwyaeth wrth bawb arall yn y dafarn. Chwarae teg iddi!

Erbyn hanner awr wedi un ar ddeg, roedd Siwan yn methu cerdded, bron. Roedd rhaid i fi a Clive ei thywys hi adref. O leiaf doedd hi ddim yn byw'n bell. Erbyn i ni gyrraedd y drws, roedd hi'n amlwg fod Clive yn ysu am gael mynd yn ôl at Jemma.

'Cer di,' dwedais i, 'Wna i aros gyda hi am ychydig. Paid â phoeni.'

'Wyt ti'n siŵr?'

'Wrth gwrs. Diolch, Clive.'

Ar ôl i ni ddod o hyd i'r allwedd a llwyddo i agor y drws, fe ddwedodd e nos da a cherdded bant. Mae'n anhygoel cymaint mae'r dyn yna wedi newid ers iddo ddechrau mynd gyda Jemma. Nid eu bod nhw wedi dweud hynny yn swyddogol, ond mae'n amlwg; maen nhw mewn cariad. Mae Jemma yn lot gwell iddo fe na Siwan, mae hynny'n glir.

Fe wnes i ddilyn Siwan i'w stafell fyw. Roedd y stafell maint bocs sgidiau ac yn fochaidd. Roedd llun anferth ar y wal o Siwan ifanc mewn lliwiau llachar, fel rhywbeth gan Andy Warhol. Heblaw am hynny, roedd y lle'n edrych fel tŷ hen fenyw. Roedd y carped yn frown â phatrwm persli. Roedd y soffa'n flodeuog ac yn pantio. Dyna lle'r oedd Siwan wedi ei thaflu ei hun. Roedd hen becynnau gwag o *mousse* siocled ym mhob man, poteli gwin gwag, hanner *kebab* a llwyth o Pot Noodles.

'Siwan! Pryd oedd y tro diwethaf iti fwyta rhywbeth teidi?'

Daeth ei llais o dan glustog frwnt y soffa.

'Dwi ar ddeiet …'

Es i mewn i'r gegin. Ro'n i'n meddwl ffonio Chatur i ddweud fy mod i'n rhedeg yn hwyr, ond pan ddes i o hyd i fy ffôn roedd e wedi rhedeg mas o fatri. Ro'n i'n dychmygu fy ngŵr yn eistedd o flaen y teledu, yn stwffio'i geg, a meddwl o'n i, wfft iddo fe – fase Chatur ddim yn sylwi fy mod i'n hwyr ta beth. Dechreuais olchi'r pentwr o lestri oedd yn y sinc – roedd hi'n gwmws fel bod adre. Tybed ife fel hyn fydd fy mywyd i wastad? Yn tacluso llanast pobl eraill. Efallai mai dyna'r unig ddau fath o bobl sy yn y byd 'ma: rhai sy'n rhoi a rhai sy'n cymryd. Ar ôl i fi orffen yn y gegin, casglais i'r holl sbwriel o'r stafell fyw a'i stwffio i fagiau duon. Ro'n i am wneud paned o de a thost ond doedd dim bara ar gael, dim ond taten a winwnsyn. Fe wnes i lwyddo i ddod o hyd i hen becyn o bowdr tsili yn y cwpwrdd, felly wnes i *aloo tikki*, sef cacennau tatws. Wedyn gwnes i baned o de du – doedd dim llaeth, wrth gwrs. Pan es i mewn i'r stafell fyw, ro'n i'n hanner disgwyl gweld Siwan yn cysgu, ond roedd hi'n gorwedd ar ei hwyneb yn llefain yn dawel.

'Dere 'ma,' dwedais i, a'i dal hi yn fy mreichiau fel ro'n i'n arfer ei wneud gyda Diya ar ôl iddi gael diwrnod anodd yn yr ysgol. Ar ôl i Siwan feichio crio am sbel, roedd chwant bwyd arni. Fe lowciodd hi'r *aloo tikki* heb anadlu, bron.

'Mae hwn yn ffantastig,' meddai, â llond ceg o fwyd.

'Da iawn. Ti'n gwybod … fe fydd pawb yn anghofio am yr holl fusnes mewn cwpl o fisoedd.' Nodiodd hi ei phen. Crynodd ei ffôn gyda neges newydd. Edrychodd hi arno fe cyn ei daflu ar draws y stafell.

'Blydi pyrfyrts. Sai'n gwybod sut maen nhw wedi cael fy nghyfeiriad e-bost!'

'Siwan, oes 'na rywun dwi'n gallu ei ffonio i fod gyda ti heno?'

'Dwi ddim ar fin lladd fy hun os mai dyna beth ti'n feddwl.'

'Wrth gwrs dwyt ti ddim! Ond mae'n iawn i ofyn am gymorth wrth dy ffrindiau. Beth am Rhun?' Ro'n i wedi bod yn nerfus ynghylch codi'r pwnc; roedd absenoldeb Rhun yn amlwg yn bwnc sensitif.

'Sai 'di clywed dim wrtho fe ers i'r holl fusnes 'ma ddechrau. Dim smic. Y coc oen.'

'Wel. Paid â neidio i unrhyw gasgliadau eto. Efallai fod ganddo fe eglurhad hollol resymol.'

'Fel beth?'

'Efallai fod ei ffôn wedi rhedeg mas o fatri ...'

Bu saib hir.

'Efallai fod e'n dost?' awgrymais i.

'Efallai fod arno gywilydd ohona i,' meddai Siwan mewn llais truenus.

'Wel os felly, gwynt teg ar ei ôl e. Ond ...'

'Ond beth?'

'Basen i'n synnu. Oherwydd roeddech chi'ch dau'n edrych mor hapus gyda'ch gilydd.'

Doedd hynny ddim yn helpu pethau. Dechreuodd y dagrau bowlio eto.

'Wnes i rywbeth dwl, Sangita ...'

'Beth?'

'Wnes i adael iddo dynnu lluniau ohona i ...'

'Lluniau?'

Yn sydyn, ro'n i'n deall sut roedd pethau.

'O, Siwan.'

Yng nghornel y stafell, dechreuodd ffôn Siwan grynu unwaith eto.

'Wyt ti moyn i fi ateb dy ffôn?' gofynnais. 'Falle taw Rhun sy'n ceisio cael gafael arnot ti …' Ac os felly, meddyliais i, bydda i'n barod i roi pryd o dafod iddo fe.

'Nage. Betia i taw Paul yw e – fy asiant. Ma' fe'n hambygio fi i symud i Lundain tra bo fy wyneb yn adnabyddus; mae lot o *castings* yn digwydd yno. Man a man i fi fynd, sbo. Does dim byd i fi yma.'

'Ond … beth am y rhagbrofion? Dysgwr y Flwyddyn?'

'Smo chi angen fi rhagor.'

'Ond ti wedi gweithio mor galed gyda ni … yr holl wersi ychwanegol yn dy amser sbâr …'

Roedd hi'n dawel.

'Ro't ti wir dim ond yn ei wneud e er mwyn cael rhaglen deledu?'

Roedd hi'n methu edrych i fyw fy llygaid.

'Pam oes rhaid i ti fod ar y teledu i fod yn hapus?'

'Sai'n gwybod pwy ydw i os nad ydw i ar y teledu,' sibrydodd. Daeth cnoc ar y drws y foment honno. Roedd Siwan yn edrych fel cath mewn congl.

'Maen nhw wedi darganfod lle dwi'n byw!'

'Aros di le wyt ti,' dwedais i. 'Wna i gael gwared ohonyn nhw.' Es i at y drws yn barod i ymladd, ond pwy oedd yno, yn gwenu arna i'n amheus, ond Rhun.

'Sangita?' meddai fe. 'Beth wyt ti'n neud yma?'

Gwgais i arno fe.

'Dr Persaud i chi,' dwedais i yn y llais clinigol dwi'n ei ddefnyddio ar gyfer gwaith. 'Sut galla i eich helpu chi?'

Roedd e'n edrych yn ddiniwed iawn, ond do'n i ddim yn mynd i neud pethau'n hawdd iddo fe.

'Rargian fawr! Ydach chi yma fel doctor? Ydy Siwan yn iawn? Dydy hi ddim wedi gwneud unrhyw beth –'

'Mae Siwan yn iawn; rhywbeth gallet ti wedi'i ddarganfod dy hunan pe taset ti wedi codi'r ffôn …'

'Mi alla i egluro … ym … mi gollais i fy ffôn,' meddai, mewn llais pitw bach.

'Celwydd noeth,' dwedais i.

Erbyn hyn roedd ei wyneb wedi troi'r un lliw â'i grys pêl-droed Lerpwl. Ro'n i'n gwybod bod rhyw ddrwg yn y caws. Wnes i lygadrythu arno nes iddo ildio.

'Iesgob! Damwain oedd hi! Mae rhaid iddi fy nghredu i! Mi ddudais wrtha i fy hun na faswn i'n ffonio Siwan nes 'mod i'n gallu trwsio'r llanast 'ma … ond dwi'n methu.'

'Pa lanast wyt ti'n sôn amdano?'

'SiwanJamesArse.com, wrth gwrs! Mi wnes i gwpl o fideos bach fel jôc! Doedd neb i fod i'w gweld nhw ond Siwan a finna! Gadewais i 'nesg am ddau funud, ac erbyn i fi ddod yn ôl, roedd fy mêt i wedi rhoi'r wefan yn fyw ar-lein. Aeth y peth yn feiral a do'n i'm yn gwybod be i'w wneud. Dwi wedi bod yn ceisio tynnu'r fideos oddi ar y we, ond maen nhw wedi cael eu rhannu a'u copïo gan ormod o bobl i hynny wneud unrhyw wahaniaeth …'

'Ti sy'n gyfrifol am yr holl fideos ar-lein? Pen-ôl Siwan yn gwasgu Canolfan Mileniwm Cymru? Pen-ôl Siwan yn llethu'r Wyddfa? Pen-ôl Siwan yn difrodi pentref Portmeirion?'

Roedd golwg ofidus dros ben ar Rhun.

'Ia,' meddai, mewn llais truenus.

Ro'n i'n credu ei stori, ond yffach – roedd e'n haeddu

dioddef ychydig bach. Wnes i ysgwyd fy mhen yn araf fel tasen i'n siarad â phlentyn drwg.

'A nawr ti wedi dod i ymddiheuro, wyt ti?'

'Ydw.'

'Yn waglaw?'

Cododd ei ben a'i lygaid yn pefrio.

'Na ... dwi wedi dod â'r rhain.' Yn ei law, roedd pecyn o bedwar *mousse* siocled Rolo. Fe glywais i lais y tu ôl i fi'r foment honno.

'Mae'n iawn, Sangita. Gall e ddod mewn.'

Trois i weld Siwan a'i llygaid fel panda.

'Wyt ti'n siŵr, Siwan?'

'Ydw. Mae e'n dwpsyn. Ond fy nhwpsyn i yw e ...'

Daeth Rhun i mewn a chofleidio Siwan gan lefain,

'Mae mor ddrwg gen i, Siws, dwi'n teimlo'n ofnadwy. Dwi'n dy garu di.'

Ac wrth i fi adael, tybiais taw'r pedwar gair yna oedd y moddion gorau iddi. Fe gerddais i adre yn araf. Roedd hi'n un o'r gloch y bore, ac roedd y dref fel y bedd. Dwi ddim erioed wedi dod i arfer â hynny. Fe dyfais i lan mewn dinas brysur, swnllyd, lle doedd dim o'r fath beth â thawelwch, ddydd na nos. Wrth i fi gerdded, dechreuais i feddwl yn eiddigeddus am Siwan yn rhedeg i ffwrdd i Lundain. Efallai ei bod hi'n iawn i adael a dweud wfft i'w chyfrifoldebau! Dwi wastad yn gwneud y peth cywir, y peth 'iawn', ond dyw fy mywyd i ddim yn berffaith. Ddim o bell ffordd. Er hynny, nid oddi wrth Gymru dwi eisiau rhedeg i ffwrdd. Erbyn hyn, rwyf wedi byw yng Nghymru'n hirach na fues i'n byw yn India. Dyma fy nghartref.

Rwy'n gweithio yn y Gwasanaeth Iechyd ers tri deg pum mlynedd, ac eleni dwi am ymddeol. Mae gen i gynlluniau. Dwi am joio gweddill fy mywyd a chrwydro ar hyd a lled y wlad brydferth hon. Sai wedi gweld copa'r Wyddfa gydol yr holl amser dwi wedi bod yma! Ond alla i ddim dychmygu Chatur yn dringo mynydd gyda fi. Mynydd o *chapatis* efallai …

I ble'r aeth y dyn ifanc, uchelgeisiol ro'n i'n arfer ei garu? Pendronais ynghylch hyn wrth i mi gerdded. Ydy e'n dal yno'n rhywle, yn ceisio llenwi twll o anhapusrwydd gyda bwyd? Efallai fyddai peth amser ar wahân yn dda i'r ddau ohonom. Erbyn i fi gyrraedd y tŷ, ro'n i wedi gwneud penderfyniad: ro'n i am newid fy mywyd. Ond fel maen nhw'n ei ddweud yn India, 'Ishwar ki maya kahin dhup kahin', sef, 'Newid ffortiwn yw ffawd bywyd'.

Roedd y tŷ yn dywyll ac yn dawel pan gerddais i mewn i'r cyntedd a rhoi fy nghot ar y bachyn. A dweud y gwir, roedd hi'n rhy dawel. Ro'n i'n disgwyl cael fy nghroesawu adre gan chwyrnu rhochlyd Chatur yn dirgynu i lawr y grisiau.

'Helô?' dwedais wrth y distawrwydd.

Cerddais i mewn i'r stafell fyw. Roedd y goleuadau wedi eu diffodd, ond ro'n i'n gallu gweld Chatur yn eistedd yn ei gadair arferol.

'Where have you been, Sangita?'

'Welsh class. Why are you sitting in the dark?'

Trois y golau ymlaen.

'I've been calling and calling you.'

'My phone ran out of battery.'

Sangita

Yn y golau creulon, roedd hi'n amlwg fod Chatur wedi bod yn crio.

'She's gone,' meddai, 'Amma's gone.'

*

Nid fi fydd Dysgwr y Flwyddyn eleni. Roedd rhaid i fi golli'r rhagbrawf cyntaf oherwydd bod angladd Amma yn digwydd yr un diwrnod. Wnaeth Jemma a Caryl gynnig dod gyda fi, ond mynnais i eu bod nhw'n mynd i'r rhagbrawf. Byddai'n bechod gwastraffu eu holl waith caled.

Mae Chatur wedi bod mewn stad ofnadwy, felly fi sy wedi bod yn trefnu'r angladd. Mae *ashram* (sef addoldy Hindŵaidd) yng nghefn gwlad Sir Gâr, credwch neu beidio. Roedd Amma'n arfer mynd i'r deml yno ar achlysuron arbennig i addoli. Mae'n lle heddychlon a digyffro gyda gerddi prydferth. Nid afon Ganges yw hi – lle bydde Amma wedi dymuno cael ei hangladd – ond dyma'r lle agosaf ati yng Nghymru.

Roedd y seremoni'n cael ei chynnal gan offeiriad Hindŵaidd o Borthcawl. Roedd e'n siarad Hindi yn dda iawn ac roedd yn gwybod ei bethau. Roedd e wedi tanio lamp olew wrth ochr pen Amma, ac yn ôl y traddodiad, roedd yn ysgeintio dŵr dros ei chorff. Tra oedd e'n canu'r hen emynau, sylweddolais i pa mor od oedd hi fy mod i'n Indiad sy'n dewis siarad Cymraeg, ac yntau'n Gymro sy'n dewis siarad Hindi. Mae bywyd yn rhyfedd weithiau, on'd yw e?

Roedd Amma'n edrych yn heddychlon yn ei gwisg wen

a thorchau o flodau o'i hamgylch, ei dwylo gyda'i gilydd mewn gweddi. Roedd Chatur wedi iro ei phen â smotyn tyrmerig ac fel ei hunig fab, roedd yn rhaid iddo fe gynnau'r canhwyllau o gwmpas yr arch. Roedd y foment wedi dod i bob un fynd at Amma i ffarwelio â hi. Yn sydyn, roedd yr holl beth yn ormod i Diya. Fe redodd hi mas o'r deml a'i llaw dros ei cheg. Roedd Hedd, ei gŵr, ar ei draed yn barod i'w dilyn, ond roedd angen iddo fe helpu i gario'r arch.

'Af i, Hedd bach,' dwedais wrtho. Pan gyrhaeddais i'r clos tu fas i'r deml, roedd Diya'n chwydu i mewn i'r llwyni rhododendron.

'Diya, cariad!'

Wnes i gynnig hances iddi. Daeth hi i eistedd ar ymyl cylch yr hen ffynnon yng nghanol y clos.

'Wyt ti'n well nawr?' gofynnais.

'Ydw. Mae'n flin 'da fi, Mami. Dwi jest … do'n i ddim eisiau dweud wrthot ti fel hyn …'

'Ti'n feichiog?'

'Ydw!'

'O, cariad, dwi mor hapus drosot ti – drosoch chi'ch dau!' Mae Diya a Hedd wedi bod yn cael IVF ers peth amser, heb lwc. Ro'n i'n disgwyl iddi fod wrth ei bodd, ond roedd hi yn ei dagrau.

'Dwi wir eisiau bod yn fam, ond mae gymaint o ofn arna i, Mami …'

'Mae pawb yn teimlo fel 'na ar y dechrau.'

'Nage, ti ddim yn deall. Nid jest un babi sy ar ei ffordd.'

'Efeilliaid?'

Ysgydwodd ei phen yn araf.

'Tripledi?' Fe nodiodd, yn beichio crio unwaith eto.

Ro'n i'n ceisio prosesu'r newyddion. 'Ond mae hynny yn arbennig!' ceisiais ei chysuro, 'a bydda i yma i'ch helpu chi, cofia.'

'Wir? Mami, sai'n credu bydda i'n gallu ymdopi. Dwi'n gwybod ei fod yn lot i'w ofyn, ond wyt ti'n credu … faset ti'n fodlon symud mewn gyda ni am ychydig pan ddaw'r babanod?'

'Wrth gwrs, cariad. Wna i unrhyw beth galla i i'ch helpu chi.' Roedd y rhyddhad ar ei hwyneb yn ddigon i godi dagrau yn fy llygaid i hefyd. Wnes i ei chofleidio hi'n dynn.

'Bydd popeth yn iawn, gei di weld.'

Y foment honno, daeth Chatur mas o'r deml, yn arwain y galarwyr tuag at yr hers lle'r oedd y trefnydd angladdau'n aros yn barchus i gludo corff Amma i'r amlosgfa. Roedd yr arch yn cael ei chario gan Chatur, Sunil, Hedd a chefndryd Chatur. Fe ddaliais i law Diya ac fe ymunon ni â'r orymdaith. Wrth i ni ddilyn yr arch, wnes i sylweddoli taw fi yw Amma'r teulu nawr. Fe fydd rhaid i gopa'r Wyddfa aros am y tro.

Clive

Dwi'n gweld Siwan ym mhob man. Hynny yw, ei phen-ôl. Mae tu fas i'r llyfrgell, yn yr arhosfan bws. Roedd 'na adeg pan fydden i wedi rhwygo un o'r posteri yma i lawr a'i blastro dros wal fy stafell wely. Ond mae rhywbeth wedi newid. Dwi'n sori, Siwan. *It's not you, it's me …*

Caryl

Fydden i byth wedi disgwyl dweud hyn, ond dwi'n edmygu Siwan. Does dim byd yn ei drysu hi. Does dim ots ganddi am y ffaith taw ei phen-ôl hi yw'r un mwyaf enwog yng Nghymru ar hyn o bryd, na'i bod yn destun chwerthin i rai pobl. A dweud y gwir, dyw hi erioed wedi edrych yn fwy hapus! Gyda Rhun wrth ei hochr, mae hi'n sioncach ei cham ac yn wridog yr olwg. Tasen i ddim yn gwybod yn well, bydden i'n dweud ei bod hi mewn cariad. At the very least, mae hi bendant yn cael ei … hmm. Beth yw'r gair? Yn ôl Brucie, y gair yw 'cydgnawdio'. Sai erioed wedi clywed hwnna o'r blaen. Efallai wna i drio fe mas ar Siôn heno.

'Cariad, wyt ti'n ffansïo cydgnawdio, hmm?'

Man a man trio cydgnawdio – rwyf wedi trio popeth arall i ddechrau proses yr enedigaeth. Cyrri, te mafon, cerdded lan a lawr y grisiau. Does dim byd wedi gweithio. Yn ôl y fydwraig, mae gen i fis i fynd nes bod y babi i fod i gyrraedd, ond dwi'n siŵr iddi wneud cawl o'r dyddiadau. Noson fy mhen-blwydd oedd ar fai, dwi'n eithaf sicr. Roedd y plant gyda fy rhieni ac roedd y G'n'T yn llifo. A oes rhaid i fi ddweud mwy? Eniwê. Roedd hynny naw mis yn ôl, felly dwi'n siŵr y daw'r babi unrhyw ddydd nawr. Alla i ddim â chwyddo mwy neu bydda i'n byrstio! A dweud y gwir, dwi ddim yn dda iawn pan dwi'n cyrraedd y pwynt yma yn fy meichiogrwydd. Dwi'n flinedig, yn rhechlyd ac yn bwdlyd. Ond gallai pethau fod yn waeth, sbo; o leiaf dyw fy mhen-ôl ddim wedi ei blastro dros bob un safle posteri o Gaerfyrddin i Gaernarfon a dros y rhyngrwyd hefyd.

Ta waeth. Dwi'n mwydro. Mae Siwan wedi bod yn frwdfrydig dros ben; dwi'n dechrau meddwl ei bod hi wir eisiau i ni wneud yn dda yn Dysgwr y Flwyddyn er bod ei rhaglen deledu wedi cael ei chanslo, diolch i 'Arse-a-geddon'. Fe wnaeth hi dreulio amser tu fas i'r dosbarth yn ymarfer gyda ni ar gyfer y cyfweliad. Felly wrth i ddiwrnod y rhagbrawf cyntaf agosáu, ro'n i'n teimlo'n barod amdani. Ro'n i am wawio'r beirniaid gyda fy nefnydd o'r dibynnol amodol. Ro'n i am wasgu'r cystadleuwyr eraill yn shwps gyda fy idiomau a thafodiaith Sir Gâr.

Er hynny, pan ddaeth y diwrnod ei hun, ro'n i wedi cynhyrfu'n lân. Do'n i ddim yn becso am y cyfweliad, ond roedd Siwan wedi ein rhybuddio ni y bydde criw teledu eisiau ffilmio'r cyfan. Dwi'n casáu cael tynnu fy llun, heb sôn am fod ar y teledu. Yn enwedig pan ydw i mor dew â Jabba the Hutt. Chwarae teg i Siôn, roedd e'n gwybod fy mod i'n hollol *stressed out* am y peth, felly wnaeth e drefnu i fi gael sesiwn ymbincio yn y salon yn y dre ar fore'r rhagbrawf cyntaf. Roedd Debs sy'n trin fy ngwallt yn dweud y drefn wrtha i:

'Wha' yew need is a bit o' product in ewer hair. Give it a boost. Gorra look ewer best for the telly, inniw?' Roedd hi'n mynnu fy mod i'n prynu potel o *root lift hairspray* wrthi.

'Spray it in ewer 'air an' give it a bit of a jush just before you go in. You'll look fablass, babes.'

Caryl

Ar y ffordd adre o'r siop trin gwallt, es i i'r siop gelf i gasglu pethau celf a chrefft ar gyfer prosiect celf Cai. Dwi – sori, mae Cai – yn gorfod gwneud llosgfynydd *papier mâché*. Prynais i baent, papur a glud chwistrell. Ro'n i'n teimlo'n eithaf trefnus am unwaith. Ond fel arfer, erbyn i fi honcian adre, ro'n i'n rhedeg yn hwyr. Doedd fy ngwallt ddim yn edrych fel yr oedd e'n edrych awr yn ôl yn y salon. Roedd geiriau Debs yn atseinio yn fy mhen: 'Wha' yew need is a bit o' product …'

Wnes i estyn mewn i fy mag siopa, tynnu mas y botel *hairspray* a'i stwffio i fy mag llaw yn barod i wneud i mi fy hun edrych yn deidi cyn y cyfweliad.

Pan gyrhaeddais i'r Gerddi Botaneg, dilynais i'r arwyddion nes i fi ddod o hyd i bawb mewn ystafell wydr hyfryd â ffenestri eang oedd yn edrych mas dros y gerddi prydferth. Roedd y lle'n ffansi iawn – roedd addurniadau blodau ym mhob man ac roedd menyw yn canu'r delyn. Roedd y criw camera yno'n barod, a Nia Parry oedd yn cyflwyno! Dwi'n hoff iawn o Nia Parry. Mae hi'n llwyddo i fod yn fam, yn gyflwynydd, yn gynhyrchydd rhaglenni teledu ac mae ganddi wallt grêt hefyd.

Roedd hi'n gwneud cyfweliad gyda menyw fywiog yn ei chwedegau oedd yn siarad yn ddifrifol wrth ddal pentwr o sticeri car Cymru yn ei law.

'Pan ddwedodd Mr Clayton dyle'r sticer car CYMRU gael ei wahardd, roedd yn ein hamddifadu ni'r Cymry. Mae'n rhaid i ni sefyll lan yn erbyn bwlis fel Mr Clayton. Dyna pam rydw i wedi dod â'r sticeri 'ma heddiw. Dwi eisiau i bawb wisgo un er mwyn gwneud cydsafiad.'

'Yn amlwg, rwyt ti'n teimlo'n gryf dros hyn. Wyt ti'n

credu taw dyna'r math o awch sy'n mynd i dy helpu di i ennill Dysgwr y Flwyddyn?'

'Ydw, Nia. Dyw hi ddim yn ddigon jest i ddysgu'r iaith. Mae'n rhaid bod yn barod i wneud cydsafiad drosti hefyd.'

'Wel, pob lwc i ti, Mari!' Blydi hel, meddyliais i. Man a man i fi fynd adre nawr. Does dim gobaith gyda fi yn erbyn rhywun fel hi.

Wnes i helpu fy hun i baned o de a mynd i eistedd gyda'n criw bach ni o'r dosbarth. Roedd pawb yno ond Sangita, oedd yn angladd ei mam yng nghyfraith, a Gwynfor, oedd yn priodi ei ferch. (Sy'n swnio'n od hyd yn oed pan ti'n ei ddeall e.) Roedd Siwan a Rhun yn eistedd wrth y ford yn rhoi geiriau o galondid i bawb.

'Haia, Caryl!' meddai Siwan, 'Ro'n i jest yn dweud wrth bawb – ymlacia a bydd dy hunan!'

'Mi fyddwch chi i gyd yn wych,' ychwanegodd Rhun, 'oherwydd ganddoch chi mae'r athrawes orau yng Nghymru!' Wedyn dechreuodd y ddau slobran dros ei gilydd, felly roedd rhaid i fi droi at Glesni cyn i fy nghinio droi arna i.

'Haia, Glesni,' dwedais i, ond ches i ddim mwy na nòd 'nôl wrthi.

Roedd rhyw bymtheg o ddysgwyr eraill yn y stafell, ac roedd Glesni'n rhoi llygad drwg i bob un ohonynt. Roedd Clive yn lolian yn ymlaciedig yn ei gadair yn darllen cylchgrawn garddio, ac roedd Jemma'n myfyrio ar y llawr. Es i i eistedd ar bwys Peter.

'Dwi'n credu bod y gerddoriaeth i fod i'n hymlacio ni, ond dyw e ddim yn blydi gweithio!' meddai e'n biwis. Sai'n gwybod sawl coffi roedd Peter wedi ei yfed, ond roedd e wedi cynhyrfu'n lân. Doedd e ddim yn gallu eistedd yn llonydd.

'Dwi ddim wedi gwisgo fy mhants lwcus!' hisiodd. 'Wnaeth Myfanwy eu tynnu nhw o'r lein ddillad a'u bwyta nhw! Arwydd yw e!'

'Does dim eisiau pants lwcus arnot ti, 'achan! Ti'n mynd i fod yn ffab!'

Roedd ganddo laptop dan ei gesail.

'Beth wyt ti am neud gyda hwnna?'

'Dwi wedi paratoi cyflwyniad PowerPoint ar gyfer y beirniaid – ro'n i am sefyll allan o'r dorf, ti'mod? Cwpl o luniau, 'bach o gerddoriaeth *panpipe*, a dwi wedi sgwennu cerdd hefyd – "Fy siwrne tuag at yr hen iaith Gymraeg".'

'Waw. Mae hynny yn swnio'n … grêt!' Roedd y boi o ddifri. Wedyn daeth menyw mas o'r stafell gyfarfod fach lle'r oedd y beirniaid. Peter oedd y person cyntaf ar ei rhestr.

'Pob lwc!' ebychon ni i gyd – hynny yw, pawb ond Glesni. Roedd ei hwyneb hi'n edrych fel pen-ôl wedi'i glatsio. Sai'n gwybod y'ch chi'n gallu dweud hynny yn Gymraeg. Mae Brucie yn llawer rhy barchus i gynnwys y fath idiom yn ei eiriadur, ta beth. Mae'n siŵr nad oedd Glesni'n hapus i rywun fel Peter ragori arni. Do'n i ddim eisiau cael sgwrs gyda hi, ond ro'n i'n ceisio osgoi Jemma ar y pryd, felly doedd dim byd arall amdani.

'Sut mae, Glesni? Barod am y cyfweliad?'

'Ydw, Caryl, diolch am ofyn. A chithau? Ydych chi'n teimlo'n hyderus?'

'Ti – plis! Does dim eisiau bod mor ffurfiol, nag oes?'

Roedd ei gwên yn dynn.

'Jiw, mae Peter rili yn mynd amdani, on'd yw e? Mae'n hala fi i deimlo 'bach yn amharod. Oes gen ti gyflwyniad PowerPoint hefyd?'

'Nac oes, Caryl. Yr unig feddalwedd sy eisiau arna i yw'r hyn sy rhwng fy nghlustiau.'

'Iawn, 'te, wel … Wyt ti eisiau ymarfer ychydig?'

'Dydw i ddim yn credu byddai hynny'n addas, Caryl. Rydyn ni'n cystadlu yn erbyn ein gilydd, wedi'r cwbl.' Blydi hel. Mae'r fenyw yna'n gystadleuol tu hwnt!

'Wna i ymarfer gyda ti os wyt ti moyn,' meddai Jemma.

'Jemma! Wnes i ddim dy weld di fan 'na,' dwedais i'n drwsgwl. Roedd golwg braidd yn glwyfedig arni.

'Ydy popeth yn iawn, Caryl?' gofynnodd.

'Wrth gwrs!' dwedais i gan orwenu. Am dwyllwr ydw i. Ro'n i'n teimlo fel *right shit*. Beth bynnag yw hynny yn Gymraeg. ('Cachwr' neu 'diawl' yn ôl Brucie baby.) Wrth lwc, daeth y fenyw colur draw a gofyn a oedd unrhyw un eisiau twtio cyn eu cyfweliad ar y teledu. Aeth Jemma gyda hi, diolch byth.

Dylen i esbonio pam ro'n i'n bihafio mor od gyda Jemma, sbo. I wneud hynny, fe fydd rhaid i fi fynd 'nôl at noson y dosbarth Cymraeg pan oedd Siwan yn ceisio adfywio ei gyrfa druenus drwy ladd 'Candle in the Wind' yn Gymraeg. (Dwedais i fy mod i'n faleisus pan dwi'n feichiog, on'd do?) Cafodd Jemma'r alwad i ddweud bod Llys Bryn Mawr ar dân y noson honno. Ro'n i'n gwybod bod ganddi *yurt* ar dir yr hen blasty, ond do'n i ddim wedi ystyried sut gafodd hi ganiatâd. Wel. Mae'n debyg fod Jemma wedi bod yn cadw cyfrinachau.

Daeth Siôn adre'n hwyr y noson honno. Mae'n un o anfanteision ei waith fel diffoddwr tân – dyw trychineb ddim yn cadw oriau rheolaidd. Ro'n i'n gwybod bydde fe lan yn Llys Bryn Mawr, felly do'n i ddim yn gallu cysgu; eisteddais i lan yn gwylio sothach ar y teledu. Roedd hynny bron â gwneud y tric a hala fi i gysgu pan ddaeth Siôn i mewn o'r diwedd, am un o'r gloch y bore.

'Sut aeth hi? A wnaeth unrhyw un gael ei frifo?'

'Naddo, diolch byth.'

'Da iawn. Ydy'r lle wedi llosgi'n llwyr?'

'Ddim yn llwyr – daeth yr alwad drwyddo'n go glou a roedden ni yno o fewn pum munud.'

'Wel, mae hynny'n rhywbeth, sbo. Mae'r plasty'n rhan o'r tirwedd erbyn hyn. Byddai'n drasiedi ei golli.'

Roedd Siôn yn edrych yn lluddedig.

'Siocled poeth cyn gwely?' gofynnais.

'Plis.'

'Mae Jemma yn fy nosbarth Cymraeg yn byw mewn *yurt* ar dir y plasty, ti'n gwybod.'

'Lady Jemima, ti'n feddwl?'

Yn sydyn daeth sawl peth at ei gilydd yn fy mhen. Jemma gyda J. Merch leol, heb acen leol. A dweud y gwir, petasech chi'n ei chlywed hi'n siarad Saesneg, fe fyddech chi'n meddwl ei bod hi'n reit … (hmm, beth yw 'posh' yn Gymraeg? 'Crachach' neu 'swancyn' yn ôl Brucie). Mae acen reit swanclyd gyda hi.

'Wnest ti ddim sylweddoli pwy oedd hi?' meddai Siôn.

Ro'n i'n teimlo'n ffŵl.

'Naddo! Wel … wyt ti wedi gweld y ffordd mae hi'n gwisgo?'

'Ydw, welais i hi heno – 'bach o hipi. Y math o dwpsyn sy'n hoffi llosgi canhwyllau ac arogldarth a phethau fel 'na …'

Dyw Siôn ddim fel arfer mor feirniadol.

'So ti'n meddwl taw 'na beth ddechreuodd y tân, wyt ti? Cannwyll?'

'Falle … gewn ni weld. Bydd ymchwiliad, wrth gwrs. Mae'r criw yn casglu'r dystiolaeth berthnasol nawr.'

'Druan â Jemma …'

Taflodd Siôn gip sydyn arna i a gwgu.

'Beth?'

'Pa mor dda wyt ti'n nabod Lady Jemima?'

'Wel. Ro'n i'n meddwl ein bod ni'n ffrindiau. Dwi'n mynd i'w chaffi yn aml – ni'n ymarfer Cymraeg gyda'n gilydd. Ond yn amlwg, dwi ddim yn ei hadnabod hi mor dda ag o'n i'n meddwl. Do'n i ddim yn gwybod ei bod hi'n "Lady" … '

'Mae wastad y posibilrwydd taw nid damwain oedd hi.'

'Blydi hel.'

Do'n i ddim yn gallu dychmygu Jemma fel llosgwr. Er hynny, fydden i byth wedi dychmygu ei bod hi'n 'Lady', chwaith. Do'n i ddim yn gwybod beth i'w feddwl.

'Cofia, alli di ddim dweud unrhyw beth wrthi,' meddai Siôn. 'Efallai ddylet ti ei hosgoi hi am dipyn.'

Ro'n i'n fud gan syndod (sy ddim yn digwydd yn aml).

'Caryl? Wir i ti. Dim gair am hyn wrth neb.'

'Wrth gwrs na wnaf i ddweud! Dwi ddim yn dwp.'

Wrth swatio yn y gwely'r noson honno, bues i'n pendroni ynghylch sut yn y byd y bydden i'n gallu wynebu Jemma yn y dosbarth nesaf.

Digwyddodd hyn bythefnos yn ôl, ac ro'n i wedi llwyddo i osgoi unrhyw sgwrs gyda hi am fwy na deg gair. Do'n i ddim eisiau bod yn gas wrth Jemma, ond do'n i ddim yn ymddiried ynof fy hunan i beidio â bradychu amheuon Siôn a'r criw tân.

Tra oedd Jemma'n cael ei cholur, daeth Mari Puw at ein bwrdd ni i ddosbarthu ei sticeri car Cymru.

'Diolch,' dwedais i. 'Pob lwc i ti yn y gystadleuaeth.'

Roedd hi'n edrych arna i'n hunanfodlon.

'Dyw lwc ddim yn dod mewn i'r peth,' meddai hi'n slei.

'Cydsafiad', fy mhen-ôl! Roedd hi'n chwarae'r garden genedlaethol. Do'n i ddim yn siŵr o'n i eisiau glynu ei sticer twp at ei thalcen neu ei llongyfarch am ei thacteg fedrus.

Daeth Peter mas o'i gyfweliad bryd hynny, yn 'corddi ac yn chwythu' (diolch Brucie, am y perl hwnnw). Ar ôl ei holl ymdrech, mae'n amlwg nad aeth pethau yn ôl y drefn. Roedd y criw teledu'n aros amdano, a chyn pen dim roedd meicroffon wedi cael ei stwffio o dan ei drwyn.

'Sut aeth hi?' gofynnodd Nia Parry.

'Yn wael! Blydi technoleg! Wnaeth y blydi sgrin rewi! Mydder-ffach!'

Roedd Nia Parry yn piffian chwerthin.

'O diar … ym … 'nôl at y stiwdio!'

Daeth Peter yn ôl at ein bwrdd ni yn benisel. Roedden ni'n ceisio ei gysuro, ond roedd hi'n anodd peidio chwerthin.

'"Myn yffach"!' dwrdiodd Siwan. 'Nid "mydder-ffach"! Os wyt ti am regi yn Gymraeg, man a man gwneud hynny'n gywir!'

Dechreuodd Peter weld ochr ddoniol y peth, diolch byth.

Jemma oedd y person nesaf i fynd i mewn, ond roedd hi mewn cymaint o hast fel na ches i gyfle i ddweud 'Pob lwc' wrthi. Ond byddai hynny wedi bod braidd yn rhagrithiol, sbo, meddyliais i wrth gerdded i'r tŷ bach. Pan y'ch chi mor feichiog â fi, y tŷ bach yw eich ail gartref, ac mae hynny'n meddwl bod gyda chi ddigon o amser i syllu ar eich bogail. Yn llythrennol. Efallai fod Jemma wedi cadw rhai pethau iddi ei hunan, ond doedd hi ddim yn llosgwr – ro'n i'n sicr o hynny. Penderfynais i siarad â hi ar ôl y cyfweliad, ac wfft i rybudd Siôn. Roedd Jemma'n ffrind i fi, ac roedd hi'n haeddu mantais yr amheuaeth.

Pan ddychwelais i at ein bwrdd, chwiliais i am Jemma, ond roedd hi wedi mynd yn barod. Yn ôl Clive, roedd ganddi apwyntiad gyda'r adeiladwr lan yn Llys Bryn Mawr. Edrychais drwy'r ffenest a'i gweld hi'n brasgamu i ffwrdd dros lawnt y Gerddi Botaneg fel duwies y ddaear, a'i gwallt hir a'i ffrog liwgar yn chwifio'n wyllt yn yr awel. Wedyn, dechreuodd fy nghalon i guro'n glou, oherwydd pwy oedd yn cerdded yn syth tuag ati ond Siôn a'r plant. Roedden nhw am gwrdd â fi am bicnic ar ôl y rhagbrawf. Gwelais i Jemma'n stopio i siarad â Cai a Lili. Ry'n ni'n mynd i'w chaffi mor aml nes eu bod yn nabod Jemma'n eithaf da erbyn hyn. Wedyn gwelais i rywbeth rhyfedd. Rhoiodd Siôn ei law mas i gyffwrdd ag ysgwydd Jemma. Siaradodd e'n ddwys â hi cyn ysgwyd ei llaw a ffarwelio â hi fel tasen nhw'n hen ffrindiau. Beth yn y byd oedd Siôn yn ei ddweud wrthi, tybed? Ro'n i mor brysur yn edrych arnyn nhw fel na chlywais i fy enw'n cael ei alw. Roedd rhaid i Glesni fy mhwnio.

'Fi? Nawr? *Shit!*'

Ro'n i'n gallu gweld bod y criw teledu yn barod i neidio arna i'r foment fydden i'n dod mas o'r cyfweliad, ond doedd dim amser gyda fi i fynd at y fenyw colur a gwallt. Ro'n i'n chwilota yn fy mag am rwbiad o finlliw pan ddes i o hyd i'r *root lift hairspray* newydd.

'Spray it in ewer 'air an' give it a bit of a jush just before you go in,' meddai Debs. A dyna beth wnes i. Ond ar ôl i fi chwistrellu cryn dipyn o'r stwff yn fy ngwallt a cheisio ei 'jusho', dechreuodd fy mysedd glymu yn fy ngwallt. Roedd fy ngwallt yn dechrau teimlo fel candi-fflos. Dechreuodd e galedu. Roedd Glesni'n rhythu arna i mewn arswyd. Edrychais i ar y botel yn fy llaw a sylweddoli nad potel yr *hairspray* oedd hi, ond y glud chwistrell ar gyfer prosiect celf Cai. Erbyn hyn, roedd y boi oedd wedi dod mas i fy ngalw i mewn yn barod i roi'r gorau iddi.

'Ydy Caryl Evans yma? Nac ydy? O'r gorau, newn ni symud ymlaen ...'

'Dwi yma!' ebychais yn sydyn, a sefyll lan. Wrth i fi gerdded drwy'r stafell, ro'n i'n gallu teimlo llygaid y dorf arna i. Ro'n i'n gallu teimlo fy ngwallt yn simsanu ar fy mhen fel nendwr yn y gwynt. Ond wedyn, meddyliais i am Siwan a'i phen-ôl enwog. Diawl. Os oedd Siwan yn gallu cerdded a'i phen yn uchel ar ôl hynny, gallen i gerdded i mewn i'r cyfweliad yma a 'ngwallt yn uchel. Fe wnes i hefyd. A dwi drwodd i'r rownd derfynol!

Y foment ddes i mas i lawnt y Gerddi Botaneg, powliodd Cai i mewn i fy mreichiau'n llawn cyffro.

'Mami, Mami! Ro't ti ar y teledu yn y caffi! Pam bod dy wallt mor fawr?'

Roedd Lili'n tynnu ar fy sgert gan ofyn i fi ei chodi.

'Da iawn, cariad!' meddai Siôn wrth fy nghofleidio. 'Llongyfarchiadau! Dwi mor falch ohonot ti, ond yffarn! Beth ddigwyddodd i dy wallt?'

Tra oedd Siôn yn trefnu'r picnic, wnes i geisio meistroli'r nyth brân o flaen y drych pitw bach dwi'n ei gadw yn fy mag, ond daeth hi'n amlwg nad oedd dim amdani ond siswrn. Ffoniais i Debs, ac ar ôl iddi ddod dros ei phwl o chwerthin, cytunodd i 'ngweld i'r prynhawn hwnnw. Roedd *pixie cut* ar y gweill.

'Dwi wastad wedi meddwl bod gwallt byr yn dy siwto di, ta beth,' meddai Siôn yn addfwyn. 'Bach yn rhy addfwyn, a dweud y gwir. Wnes i gulhau fy llygaid arno fe.

'Mae hynny'n fy atgoffa i. Welais i ti'n siarad â Jemma gynne.'

'Do fe?'

Edrychai Siôn yn llechwraidd iawn. (Dwi'n caru'r gair 'na!)

'A, wel. Ie …'

'Ie …?'

'Blant!' meddai e'n sydyn. 'Beth am gael ras i weld pwy sy'n gallu rhedeg at y goeden yna ac yn ôl gynta?'

Mae'n dric rydyn ni'n ei ddefnyddio'n aml pan fyddwn ni eisiau trafod rhywbeth sy ddim yn addas ar gyfer clustiau bach. Saethodd Cai – Mistar cystadleuol – i ffwrdd fel mellten, a'i chwaer fach yn dod yn gwt ar ei ôl.

'Wel, 'te. Dwi'n cymryd bod newyddion gyda ti am y tân?' holais.

'Oes. Mae'n flin 'da fi. Dwi'n credu i mi wneud anghyfiawnder â dy ffrind.'

'Nest ti ang – beth iddi? I hope that doesn't mean you shagged her.'

Rholio'i lygaid wnaeth Siôn.

'Wyt ti wastad yn gorfod bod mor gwrs?'

'Come on, 'te, beth mae "anghyf-wotsit" yn ei feddwl?'

'Dwi'n credu nad o'n i'n deg 'da hi.'

'Dwi'n gwybod hynny!' Ond roedd yn dal yn rhyddhad cael cadarnhad.

'Da iawn, Cai! Da iawn, Lili! Beth am gylchdro arall?' galwodd Siôn.

'Felly damwain oedd y cyfan? Cannwyll neu rywbeth?'

'Ddim felly …'

'Beth, te?'

'Cadw dy lais di i lawr! Daethon ni o hyd i olion petrol tu fewn i'r adeilad. Wyt ti'n cofio i ni gael trafferth dod o hyd i dad Jemma i ddechrau?'

'Ie?'

'Ydw.'

Edrychais i arno'n hyll.

'Os nad ydw i'n dy gywiro di, sut fyddi di'n gwybod os wyt ti'n gwneud camgymeriad?'

'Ydw. Dwi'n cofio, nawr clatsia bant â'r stori, wnei di, cyn bod y plant yn gorfod gwneud trydydd cylchdro!'

'Wel, dethon ni o hyd iddo yn y goedwig ar gyrion y tir … yn cwato.'

'Wrth y tân?'

'Dyna beth o'n ni'n meddwl i ddechrau. Roedd e'n parablu nonsens ar y pryd – mewn sioc, ro'n ni'n tybio. Heddiw, daeth yr heddlu o hyd i sawl can petrol gwag dan domen o gerrig yn gwmws le darganfyddon ni'r hen foi.'

'Ond dyw e ddim yn gwneud synnwyr. Pam bydde fe'n neud y fath beth?'

'Jobyn yswiriant. Mae'r lle'n edrych yn grand, ydy siŵr, ond maen angen llwyth o gynhaliaeth arno.'

'Ydy'r heddlu wedi ei arestio fe?'

'Ddim 'to. Maen nhw wedi mynd ag e i'r orsaf i'w holi fe. Bydd ymchwiliad, wrth gwrs. Wedyn, os yw hi'n edrych yn debyg taw fe oedd yn gyfrifol am y tân, bydd e'n cael ei arestio am losgi bwriadol a thwyll yswiriant.'

'*Shit*. Druan â Jemma.'

'Ie, wir. Dwedais i wrthi fyddet ti'n ei ffonio hi'n nes 'mlaen.'

'Gwnaf. Mae rhaid i fi ymddiheuro wrthi am fod mor ddrwgdybus.'

'Dwi'n sori, bach, fy mai i oedd e. Ond gair da ...'

Y foment honno, carlamodd Cai 'nôl tuag aton ni nerth ei draed gan floeddio,

'Fi 'di ennill! Fi 'di ennill!'

Wrth ei sodlau, roedd Lili fach yn ceisio dala lan. Fe faglodd hi dros gornel y flanced bicnic a hedfanodd brechdanau a rholiau selsig drwy'r awyr. Cwympodd rheiny'n gawod dros ben Siôn tra oedd Lili'n glanio yn ei gôl.

'Wel,' dwedais i, 'ti'mod, mae 'na rai pobl fydde'n galw hynny'n "carma".'

Jemma

Roedd y diwrnod mawr wedi cyrraedd: rhagbrawf Dysgwr y Flwyddyn! Ro'n i wedi cynhyrfu'n lân. Yr unig broblem oedd nad oedd gen i lawer o amser i baratoi, diolch i drychineb y tân yn Llys Bryn Mawr. Ro'n i'n teimlo'n eithaf rhwystredig, a dweud y gwir. Roedd Mam wedi dianc i'w thŷ haf yn Ninbych-y-pysgod, 'to recover my nerves', fel mae hi'n ei ddweud, ac mae Nhad wedi cael ei anfon i ysbyty preifat ar gyfer pobl â salwch meddwl. Peidiwch â chamddeall, dyw e ddim wedi mynd o'i go'. Mae ei gyfreithiwr yn meddwl bydd e'n helpu ei achos yn y llys. Mae e'n pledio'n ddieuog yn sgil 'gwallgofrwydd dros dro' oherwydd y straen o fod mewn dyled.

Dydw i ddim wedi bod i'w weld e eto. Dwi'n gwybod y dylwn i adael golau maddeuant i mewn i fy nghalon, ond mae'n anodd. Roedd e wedi llosgi fy *yurt* hefyd! Yn ôl yr heddlu, roedd e'n ceisio rhoi'r bai arna i am gynnau ffon arogldarth. Yn anffodus i'r hen gythraul, roedd pawb yn fy nosbarth Cymraeg yn gallu cadarnhau fy mod i'n gwrando ar ddehongliad diddorol Siwan o 'Candle in the Wind' ar y pryd.

Mae fy mam yn mynnu nad oedd hi'n gwybod dim am ddim. Roedd hi'n awyddus i bwysleisio wrth yr heddlu pa mor ffodus oedd hi ei bod hi'n digwydd bod yn ei chlwb llyfrau ar y pryd. (Clwb gwin os chi'n gofyn i fi.)

'Ask anyone! I've plenty of witnesses. I've got a cast-iron alibi!' meddai, drosodd a throsodd. Cyfleus iawn, ontife? Betia i taw hi sy tu ôl i'r holl beth. Mae hi'n gwmws fel Lady Macbeth gyda'i chynllwynio.

Yn y cyfamser, fi sy wrth y llyw yn Llys Bryn Mawr. Mae fy rhieni wedi trosglwyddo'r cyfan i fi yn swyddogol. Felly fe gawson nhw eu ffordd eu hunain yn y pen draw. Diolch byth am Clive, sy wedi bod yn gefnogaeth arbennig i fi. A Caryl hefyd. Ar ôl iddi esbonio ei chamsyniad, ro'n i'n deall pam roedd hi wedi bod yn bihafio mor od. Alla i ddim â'i beio hi, sbo – do'n i ddim yn hollol agored am fy sefyllfa deuluol.

Fore'r rhagbrawf, ro'n i fel peth gwyllt. Ro'n i wedi llowcio hanner potel o Rescue Remedy erbyn deg o'r gloch y bore. Roedd rhaid i fi drefnu cyfarfod gyda rheolwr y banc, trefnu cymorth dros dro yn y caffi a threfnu i adeiladwyr ddod i asesu'r niwed a rhoi amcan-bris i fi am y gwaith atgyweirio. Erbyn i fi gyrraedd y Gerddi Botaneg, roedd fy mhen i'n troi. Ro'n i'n siŵr fy mod i wedi anghofio pob un gair o Gymraeg oedd gen i. Diolch byth bod Clive yn aros amdana i gyda fflasg o de camomil lleddfol a gwên gefnogol.

Roedd rhestr o enwau ar hysbysfwrdd yn y man aros. Roedd rhyw ugain ohonon ni i gyd, a fi oedd yr olaf ond un.

'Damo! Fydda i byth yn cyrraedd gartre mewn pryd i gwrdd â'r adeiladwr,' dechreuais i weindio eto.

'Wna i newid lle 'da ti,' cynigiodd Clive.

'Diolch, Clive. Ti'n seren. Ond sut bydda i'n gwybod os bydda i'n llwyddo i gyrraedd y rownd nesaf?'

'Dof i draw i Lys Bryn Mawr wedyn i roi gwybod i ti,' atebodd.

'Ti wir yn ffrind da,' dwedais i gan blannu sws ar ei foch. Fe gochodd e fel taswn i wedi llyfu ei holl wyneb! Y gwir yw, ro'n i'n gobeithio bydde fe'n fwy na ffrind da erbyn hyn. Ro'n i wedi gwneud fy nheimladau'n glir iawn. Rai wythnosau yn ôl, gofynnais iddo gysgu yn yr *yurt* gyda fi ... ond fe ddaeth â'i sach gysgu gydag e! Ro'n i'n dechrau amau nad oedd ganddo ddim diddordeb ynof i o gwbl. Does dim ots, meddyliais i, mae'n rhaid i fi ddysgu derbyn yr hyn mae'r bydysawd yn ei gynnig i mi a chanolbwyntio ar y lefel ysbrydol yn hytrach nag ar flys y corff. Er hynny, ro'n i'n eithaf bodlon pan awgrymodd Siwan y dylwn i gael ychydig o golur cyn y cyfweliad. Efallai nad oes ganddo fe ddim diddordeb ynof i yn y ffordd honno, meddyliais i, ond does dim byd o'i le ar wneud y gorau ohonof fy hunan, nag oes e?

Roedd menyw colur yno oherwydd roedd y gystadleuaeth yn cael ei ffilmio ar gyfer rhaglen o'r enw *Prynhawn Da* ar S4C. Roedd Siwan i fod i gyflwyno'r rhaglen, ond yn anffodus, doedd pethau ddim wedi gweithio mas fel roedd hi wedi'i obeithio. Ond chwarae teg iddi, ymddangosodd hi yn y Gerddi Botaneg i gefnogi ei dosbarth. Roedd Rhun gyda hi, wrth gwrs. Mae e'n ddyn caredig, rhaid i fi ddweud. Mae e wastad yn gwneud ymdrech i siarad â ni'r dysgwyr. Ro'n i'n becso bydde pethau'n mynd 'bach yn lletchwith pan awgrymodd Rhun wrth Clive y gallen nhw ymarfer chwarae rôl cyn y cyfweliad. Gwrthododd Clive yn gwrtais a throi'n ôl at ei gylchgrawn garddio, ond do'n i ddim yn gallu canfod unrhyw fwrllwch yn ei awra. A oedd hi'n bosib ei fod e wir wedi'i iacháu o'i gariad ffôl? Ro'n i'n gobeithio ei fod e, oherwydd doedd Siwan a Rhun ddim yn ymatal rhag rhannu eu cariad gyda phawb yn y stafell. Roedden nhw'n glafoerio dros ei gilydd fel malwod yn paru. Ro'n i'n eithaf balch pan ddwedodd y fenyw colur ei bod yn barod amdana i.

'Jemma, ife? Siân ydw i. Nawr 'te, beth ydyn ni'n neud heddiw?'

'A dweud y gwir, dwi ddim yn gwisgo colur fel arfer.'

'Nag wyt ti? Wel, mae croen hyfryd 'da ti. Beth am ychydig o *bronzer* … bach o *glitter* …' Edrychais i draw ar Clive, oedd wedi ymgolli yn ei gylchgrawn garddio.

'Pam lai, Siân?' dwedais i. 'Slap it on!' Roedd hi'n piffian chwerthin ar hynny.

'Felly, ti sy'n neud colur yr enwogion i gyd! Wyt ti'n joio dy swydd?'

'Ydw, dwi'n lyfio fe.'

'Lyfio?'

'Sori, "caru". Ti'mod beth? Chi ddysgwyr yn siarad gwell Cymraeg na fi!'

'Lyfio … dwi'n lyfio siocled … Dwi'n lyfio dysgu Cymraeg …'

'Ie, 'na fe! Os ti'n methu meddwl am y gair Cymraeg, iwsa'r gair Saesneg a rhoi "o" ar ei ddiwedd e. Ti'mod, fel lyfio, sgio …'

'Jympo!'

''Na ti, ond bydd yn ofalus 'da'r gair "jymp" 'na. Mae'n gallu meddwl rhywbeth gwahanol,' meddai hi, a rhoi clamp o winc i fi.

'Diolch am y tip, Siân! Rhoi "o" ar ddiwedd y gair Saesneg os dwi'n methu meddwl am y gair Cymraeg. Wna i drio fe!'

'Da iawn ti – byddi di'n swnio fel Cymraes go iawn wedyn!' Y foment honno, daeth dyn bach crwn mas o'r stafell gyfarfod a gwên hunanfodlon ar ei wyneb a sticer car 'CYM' ar ei frest. Edrychais i rownd a sylwi bod pawb yn y stafell aros yn gwisgo sticer car 'CYM' ar eu dillad – hyd yn oed Glesni! Yn sydyn, ro'n i'n teimlo dan anfantais.

'Pam bod pawb yn gwisgo'r sticer 'na?' gofynnais i Siân.

'O, y badj 'na? Mae Cymdeithas yr Iaith yn rhoi nhw mas i bawb. Maen nhw'n protestio yn erbyn y twpsyn 'na off y teledu – sai'n cofio'i enw fe – ti'mod, yr un hiliol sy'n gwneud y rhaglen am geir ...'

'Dydw i ddim yn gwylio'r teledu.'

'Wedodd e ryw rwtsh am ddileu'r cod cofrestru rhyngwladol "CYM".'

'O diar ...' Well i fi ddod o hyd un o'r sticeri yna, neu byddai'r panel yn meddwl nad ydw i'n cefnogi'r achos, meddyliais.

'Dyna ni,' meddai Siân, 'Ti'n edrych yn gorjys!' Chwarae teg. Roedd hi wedi gwneud jobyn da. Ro'n i'n edrych yn eithaf teidi, os caf i ddweud.

'Diolch, Siân. Dwi'n mynd i chwilio am un o'r pethau 'na – y be-ti'n-galw – y sticer, beth yw'r enw iawn arno fe?'

'Sai'n gwybod, blod, dwi jest yn dweud "badj".'

'Badj. Ocê. Bant â fi i chwilio am fadj.' Ond cyn i fi allu symud, daeth y swyddog mas a galw fy enw. Roedd rhaid i fi fynd i mewn i'r cyfweliad yn waglaw.

Fe gerddais i mewn i'r stafell fach gan deimlo ychydig

bach fel cystadleuydd ar *The Apprentice*. Roedd panel o dri pherson ac roedden nhw i gyd yn gwisgo'r badj protest. Ro'n i'n teimlo'n hunanymwybodol ofnadwy. Er hynny, gwnaeth Dilys, y prif feirniad, ymdrech fawr i wneud i fi deimlo'n gyffyrddus. Roedd hi'n mynnu cadw popeth yn anffurfiol – ar dermau 'ti' – felly roedd yr egni yn y stafell yn bositif ac yn gefnogol. Yn ogystal â Dilys, sy'n sgwennu nofelau ar gyfer dysgwyr, aelodau eraill y panel oedd John, sy'n rhedeg cwrs i ddysgwyr ym Mhrifysgol Abertawe, a boi oedd yn galw ei hun yn 'Mei Mawr' – digrifwr off y teledu, mae'n debyg, oedd yn ceisio neud jôcs drwy'r amser. Mae'n anodd deall jôcs mewn ail iaith, felly fe dreuliodd e'r rhan fwyaf o'i amser yn chwerthin ar ei jôcs ei hun. Er hynny, aeth popeth yn iawn. Ces i gyfle i ddweud popeth ro'n i wedi'i baratoi, a dangosodd Dilys ddiddordeb mawr mewn iacháu drwy *reiki*.

Yr eiliad ddes i mas o stafell y cyfweliad, roedd Nia Parry a'r criw camera yno, yn barod i lamu arna i. Roedd y camera teledu yn fy wyneb, a meicroffon yn cael ei chwifio o fy mlaen i fel hufen iâ anfwytadwy. Wir i chi, sai'n gwybod sut mae enwogion yn ymdopi â'r holl fusnes teledu 'ma!

'Jemma! Ti'n fyw ar raglen *Prynhawn Da*! Alli di ddweud wrthon ni sut aeth dy sgwrs gyda'r beirniaid?' A'r golau yn fy llygaid a'r camera yn fy wyneb, do'n i ddim yn gallu meddwl am ddim byd i'w ddweud!

'Iawn …' dwedais yn betrus.

'Wnaethon nhw ofyn lot o gwestiynau diddorol?'

'Do.'

'Wyt ti'n teimlo'n hyderus?'

'Ydw.'

Ro'n i'n methu gweld wyneb Nia dros yr holl offer ffilmio. Yr unig beth ro'n i'n gallu ei weld oedd y sticer protest ar ei chrys. Daeth ysbrydoliaeth fel taranfollt! Hwn oedd fy nghyfle!

'Dwi jest eisiau dweud, Nia, dwi'n lyfio dy fadj.'

Roedd saib lletchwith. Wedyn, dechreuodd ysgwyddau'r dyn camera ysgwyd. Pesychodd y dyn sain.

'Esgusodwch fi?' atebodd Nia.

'Dy fadj. Ti'mod, gyda CYM drosti hi,' dwedais i. 'Dwi heb lwyddo i gael fy nwylo ar un eto, ond mi wnaf ar ôl y cyfweliad yma.'

Aeth y dyn sain i mewn i ryw fath o barlys, dan beswch a llefain fel dwn i ddim be. Roedd rhaid iddo roi ei offer i lawr a cherdded i ffwrdd. O leiaf ro'n i'n gallu gweld wyneb Nia o'r diwedd. Roedd hi'n gwenu arna i'n garedig wrth gyffwrdd ei badj.

'"Bathodyn"! Y gair ti'n chwilio amdano yw "bathodyn"!' meddai hi.

*

Erbyn i fi gyrraedd Llys Bryn Mawr, roedd yr adeiladwr yno. Roedd e'n dal ac yn gyhyrog, ac yn pwyso yn erbyn ei dryc yn ddigon jacôs.

'Sorry to keep you waiting!'

'No problem,' dwedodd e, gan estyn ei law ata i. 'Ieuan.'

'Www! Ife Cymro Cymraeg wyt ti? Dydw i byth yn gwrthod y cyfle i ymarfer fy Nghymraeg!' Chwarddodd Ieuan yn fodlon. Roedd e'n dipyn o bishyn a dweud y gwir.

'Ydw, dwi'n Gymro Cymraeg.' Pan wenodd e, fe sylwais i fod llond ceg o ddannedd gwyn hyfryd gydag e. Roedd e'n fy hala i i deimlo braidd yn bifflyd! Dechreuais i glebran.

'Dwi'n dysgu Cymraeg. A dweud y gwir, rwyf wedi bod yn cystadlu heddiw ar gyfer Dysgwr y Flwyddyn.'

'Do fe wir? A sut aeth hi, 'te?'

'Sai'n gwybod! Ro'n i'n gorfod gadael yn gynnar i ddod fan hyn.'

'Dylet ti fod wedi dweud! Bydden i wedi dod yn hwyrach.'

''Sdim ots … Dwi 'ma nawr.'

'Wyt,' meddai Ieuan, a'i lygaid yn pefrio. Dwi'n meddwl ei fod e'n fflyrtian 'da fi!

Cyrhaeddodd y peiriannydd adeiladu bryd hynny. Roedd hi'n fenyw sych a sobor – yn llawer mwy addas i'r sefyllfa, a dweud y gwir. Fe gyflwynodd ei hun heb wên.

'Ros Chartwell of Chartwell and Chartwell. And you are Lady …?'

'Jemma! Just Jemma … and this is Ieuan.'

Aethon ni'n tri ar daith drist o gwmpas cartref fy nghyndeidiau. Fy nghartref i, dylen i ddweud. Er gwaethaf pob ymdrech i'r gwrthwyneb, des i ddeall fy mod i'n caru'r hen blasty wedi'r cwbl. Trueni wedyn nad oedd dim gobaith gyda fi o'i gadw fe.

'Yr adain orllewinol sy wedi'i chael hi waethaf,' eglurodd Ieuan.

'If you don't mind, I'd prefer it if we were all speaking the same language,' meddai Ros. Digon yw dweud nad o'n i'n cynhesu ati hi.

'I have tolerable Spanish and Italian. Do you? No? English it is, then,' meddai Ieuan yn gwbl o ddifrif, er wnes i bron â rhochian chwerthin dros bob man.

O safbwynt strwythurol, mae hanner y plasty'n ddianaf gan fod y frigâd dân wedi ymateb mor glou. Ar y llaw arall, nid y tân yn unig sydd ar fai, yn ôl Ros. Dyw fy rhieni heb wneud unrhyw waith atgyweirio ers ugain mlynedd. Mae to'r adain ddwyreiniol yn gollwng dŵr, mae pydredd sych a phydredd gwlyb, ac mae nifer o'r walydd yn ansad. Barn yr arbenigwyr oedd taw dwy ystafell yn unig oedd yn saff i fyw ynddyn nhw – y gegin a'r llyfrgell. A byddai'n rhaid i Ieuan godi cwpl o drawstiau ategol i'w diogelu cyn y gallwn i fyw ynddynt.

Tra oedd Ieuan yn clatsio bant â'r gwaith yn syth bìn, chwarae teg, ro'n i'n pwyso ar Ros i geisio cael rhyw syniad o faint o arian fyddai ei eisiau arnon ni – arna i – i drwsio'r lle.

'I couldn't possibly give an accurate estimate on the cost of repairs.'

'Ball-park, then?'

Yn y pen draw, ro'n i'n difaru gofyn. Yr isafswm oedd rhywbeth yn agos at saith miliwn o bunnoedd. Diolch i Dad, doedd dim gobaith o gael arian wrth y cwmni yswiriant. Roedd angen cynllun arna i.

Erbyn i ni ddychwelyd i'r gegin, roedd Ieuan wedi gorffen ei waith ac roedd yn troi sgriws i mewn i fracedi yn y wal o dan y silff llyfrau coginio.

'Diolch Ieuan. Ti'mod beth, mae'r silff 'na wedi torri ers blynyddoedd.'

'Dim problem.'

Roedd wep sur ar Ros.

'My card,' meddai hi, cyn troi at y drws. 'Contact me when you decide how to proceed.'

Aethon ni ar ei hôl hi'n ôl i'r rhodfa o flaen y tŷ. Fe ddringodd hi i'w char mawr hyll a bant â hi mor gyflym nes y bu bron iddi daro hen dryc rhydlyd Clive wrth iddo ddod y ffordd arall.

'A dyma fy ngharden i,' meddai Ieuan. 'Dwi wedi rhoi fy rhif personol ar y cefn. Ro'n i'n meddwl tybed hoffet ti fynd mas am ddiod 'da fi rywbryd?' gofynnodd. Do'n i ddim yn gwybod beth i'w ddweud. Ro'n i'n teimlo fel glaslances wirion! 'Wel … Gadawa i i ti feddwl amdano,' meddai e.

Dringodd e i'w fan tra o'n i'n ceisio cael trefn arnaf fy hun. Wrth i Ieuan droi'r fan, cyrhaeddodd Clive wrth fy ochr.

'Pwy yw hwn?' gofynnodd mewn llais pigog.

'Fy ffrind newydd Ieuan,' dwedais i. 'Fe yw'r adeiladwr.'

Roedd Clive mor brysur yn edrych ar Ieuan nes iddo anghofio pam roedd e wedi dod draw yn y lle cyntaf.

'Wel?' gofynnais. 'Ydw i drwyddo?'

'Mae'n flin 'da fi, Jem. Dwyt ti ddim.'

'A, wel. 'Sdim ots. Beth amdanat ti?'

Nodiodd Clive yn swil.

'Da iawn, Clive! Mae hynny'n ffantastig!'

Y foment honno, daeth Ieuan heibio a'i ffenest ar agor.

'Hwyl 'te, Jemma. Cofia, rho ring i fi …'

'Wna i!' dwedais i.

Wrth iddo ddechrau gyrru bant yn araf bach, galwais i ar ei ôl,

'Diolch unwaith eto am y sielffo yn y gegin.'

'Unrhyw bryd,' meddai fe gyda winc.

Mae Cymry Cymraeg mor glên.

*

Fe dreuliais i'r wythnos ganlynol wedi encilio yn y llyfrgell fel meudwy. Doedd dim ots pa ffordd ro'n i'n ystyried y peth, roedd fy myd ar fin newid – ffaith oedd wedi cael ei chadarnhau gan fy nghardiau tarot. Rhois i rybudd i fy landlord yng nghaffi Cwtsh. Roedd rhaid i fi gau'r drysau – am y tro, o leiaf. Bûm i'n gweithio ar gynllun busnes ar gyfer Llys Bryn Mawr drwy'r wythnos. Ces i fwrlwm o syniadau – cynnal priodasau, cynadleddau, ysgol goginio, hyd yn oed. Gallen i droi'r hen feudy'n siop de, a defnyddio llysiau o'r gerddi! Yn anffodus, doedd rheolwr y banc ddim mor frwdfrydig â fi.

'With all due respect to yourself, you've never actually held down a job.'

'I run a café in town!'

'And what sort of profit margin are you working to? Can I see the figures?'

Does dim dychymyg gyda phobl fel 'na. Dychwelais i Lys Bryn Mawr a 'nghalon yn fy sgidiau. Doedd ond un dewis amdani: gwerthu'r lle, hynny yw, pe byddai unrhyw un yn fodlon ei brynu. Wrth i fi nesáu at y plasty, sylwais i fod Clive mas yn yr ardd. Roedd e'n troi'r pridd yng ngardd y gegin. Edrychodd ddwywaith arna i cyn chwerthin fel ffŵl.

'Beth yn y byd wyt ti'n gwisgo, Jem? Ti'n edrych fel … Glesni!'

'Ydw i? Wel, dyna oedd y bwriad. Nid bod e wedi fy helpu.' Ro'n i'n gwisgo dillad crand a gloddiwyd o un o gypyrddau Mam. Yn ôl Ros Chartwell, do'n i ddim i fod i fentro i unrhyw stafell heblaw am y llyfrgell a'r gegin, felly gallech chi ddweud 'mod i wedi peryglu fy mywyd er mwyn y cyfweliad twp hwnnw! 'Ydw i'n edrych yn gall ac yn ddibynadwy?'

'Wyt!' meddai Clive gyda gwên.

'Wel, doedd rheolwr y banc ddim yn cytuno.' Edrychais i ar y rhaw yn ei ddwylo. 'Clive, does dim rhaid i ti wneud hynny. Dwi ddim yn gwybod a fydda i'n gallu dy dalu di'r mis yma.'

'Dwi'n gwybod, Jem, ond dwi eisiau ei wneud e. Gwranda. Dere rownd i'r bwthyn heno. Wna i goginio rhywbeth i ti, a galli di ddangos dy gynllun busnes i fi. Pwy a ŵyr, efallai fydda i'n gallu helpu.' Wrth i fi edrych ar ei wyneb brwnt, caredig, ro'n i'n gwybod na fyddwn i fyth yn ffonio rhif preifat Ieuan.

*

Roedd bwthyn Clive yn fwy taclus na dwi wedi'i weld e erioed. Roedd y stafell fyw fel pin mewn papur ac roedd arogl braf yn dod o'r Aga.

'Dere mewn, Jemma. Alla i gymryd dy got?'

'Cei, siŵr! A dyma rywbeth bach i ti,' dwedais i, wrth gynnig cacen gartref a photel o win coch o selar win fy nhad iddo. Fe dybiais i taw dyna'r peth lleiaf y gallai'r hen gythraul ei gyfrannu.

Erbyn i ni bitsio mewn i gyrri llysiau bendigedig, roedd y sgwrs wedi troi at ddyfodol Llys Bryn Mawr.

'Beth yw dy syniadau, 'te, Jemma?' Ro'n i'n teimlo braidd yn swil am drafod fy nghynlluniau ar ôl y cyfweliad ofnadwy yn y banc, ond roedd Clive mor galonogol. Roedd e'n deall yn llwyr. Yn fwy na hynny, roedd e'n gyffrous am fy syniadau. Sai'n gwybod os taw'r gwin oedd e, neu'r olwg ar Clive ar ôl iddo ymolchi, neu'r CD Huw Chiswell yn y cefndir, ond ro'n i'n dechrau teimlo fel tase popeth yn mynd i fod yn iawn. Fe anghofiais i fy mod i wedi ffaelu gwneud argraff ar reolwr y banc, anghofiais i am ffaelu yng nghystadleuaeth Dysgwr y Flwyddyn, anghofiais i 'mod i wedi ffaelu gwneud unrhyw beth â fy mywyd hyd yn hyn. Roedd Clive yn gwneud i fi deimlo bod unrhyw beth yn bosib.

'Dwi'n credu ynddot ti,' dwedodd e.

'Diolch, Clive. Mae hynny'n meddwl y byd i fi.'

'Iawn, 'te. Wna i nôl fy llyfr siec, ife?

'Ha ha. Ti'n ddoniol,' dwedais i, heb wên. 'Af i i roi'r tegell ymlaen.'

Pan ddes i'n ôl â dwy baned o de a dwy sleisen fawr o gacen bitrwt, roedd Clive yn aros amdana i a golwg ddifrifol ar ei wyneb. Estynnodd siec i fi. Fe wnes i ddarllen y peth mewn penbleth:

I Lady Jemima Darlington-Whitt
Saith miliwn o bunnoedd yn unig.
Arwyddwyd gan: Clive Llewelyn.

'Ife dy syniad di o jôc yw hyn?' dwedais i'n grac.

'Nage.'

'Mae gen ti saith miliwn o bunnoedd jest yn hongian ambythdu yn dy *piggy-bank*, oes e?'

'Mwy fel pymtheg miliwn o bunnoedd a dweud y gwir.'

Roedd 'na saib enfawr. Roedd fy ngheg i fel ceg pysgodyn aur.

'Wyt ti o ddifri?'

'Odw glei.'

'Ond ble …? Sut …?'

'Fe ddwedais i fy mod i wedi ennill y loteri, on'd do fe?'

'Naddo!'

'Do! Dwedais i yn ein gwers gyntaf.'

'Dwi'n credu bydden i wedi cofio hynny!' Ac wedyn daeth yn ôl ataf – y gêm lle'r oedd rhaid i ni ddweud tair brawddeg; dwy oedd yn wir ac un oedd yn gelwydd.

'Ond … ti'n byw mewn bwthyn!'

'Ac roeddet ti, Lady Jemima, yn arfer byw mewn *yurt*.' Yn sydyn, ro'n i'n gallu gweld pa mor hurt roedden ni'n dau wedi bod.

'Ni fel dwy bysen organig mewn plisgyn!' dwedais i, dan chwerthin.

'Dwy foronen afluniaidd,' meddai Clive.

'Dwy flodfresychen fendigedig!' Cofleidiodd Clive fi a 'nghodi oddi ar y llawr. Ac o'r diwedd, wnaeth e fy nghusanu. Pwy fase'n meddwl bod cariad a rannwyd at lysiau ffres yn gallu tyfu'n gariad pur?

Gwynfor

Roedd hi'n ddiwedd diflas i wyliau bendigedig. Ro'n i'n eistedd yn wargrwm yng nghar bach diawyr Huw, mab Enfys. Tra oedd y glaw Cymreig yn rhoi curfa i'r ffenestri, roedd Huw yn rhoi pryd o dafod i fi.

'Yn gyntaf, ti'n ei bwydo hi â chyffuriau. Nesaf, diolch i ti, mae hi'n cael ei harestio am anwedduster dybryd! Beth sy nesaf, Gwynfor? Delio arfau?'

'Camddealltwriaeth yw'r cyfan! Wir i ti, Huw! Ro'n i'n arfer bod yn brif uwch-arolygydd yr heddlu, wedi'r cwbl!'

'Nid ti fyddai'r *bent copper* cyntaf yn Lloegr, Gwynfor,' hisiodd.

Y foment honno, dychwelodd Enfys i'r car. Ei syniad hi oedd gofyn i Huw ein casglu ni o'r maes awyr. Bydden i wedi galw tacsi.

'Iawn 'te, bois! Bant â ni, ife?' Taniodd Huw'r car heb ddweud gair. Ar ôl munud neu ddwy yn eistedd mewn tawelwch, cododd Enfys ei llais.

'Ydyn ni'n mynd i eistedd yn ddistaw'r holl ffordd adre, Huw?' Fe gododd Huw ei ysgwyddau. 'Dwi wedi ymddiheuro, Huw. Sawl gwaith. Mae Gwynfor wedi hefyd. Sai'n gwybod beth arall allwn ni neud! Dwi'n addo wnawn ni dalu arian y ddirwy 'nôl i ti, gynted galla i siarad â'r banc.'

Tawelwch.

'Huw! Dwed rywbeth.'

Fe bletiodd Huw ei geg.

'Ti'n edrych yn gwmws fel dy dad pan ti'n gwneud hwnna.'

'Fe fyddai 'nhad yn troi yn ei fedd tase fe'n dy weld di nawr!' bloeddiodd Huw.

''Co ni off! Dere 'mlaen, 'te. Mae'n amlwg fod gen ti ragor i'w ddweud.'

'Olreit, 'te. Os wyt ti wir eisiau gwybod. Ers i ti gwrdd â'r hen ffŵl 'ma, ti wedi newid, Mam! Ti'n anghyfrifol, ti'n ddifeddwl, ti'n hollol wyllt!'

'Dwi'n gwybod, Huw. On'd yw e'n anhygoel?' meddai ei fam, gan ddal fy llaw yn dynn. 'Dwi'n hapusach na dwi wedi bod ers blynyddoedd!' Y gwir yw, dwi'n methu beio Huw o gwbl. Dyw e ddim ond yn ceisio edrych ar ôl Enfys, a dyw pethau ddim yn edrych yn dda o'i safbwynt e.

Roedden ni mas yn Mallorca, chi'n gweld, ar gyfer priodas fy merch ifancaf, Clare. Fi gafodd y fraint o briodi Clare a'i gŵr, Leon, ar y traeth. Mae Clare yn enaid rhamantus fel fi. Roedd hi eisiau priodi o dan yr haul, a thonnau'r môr yn suo'n ddistaw o'u hamgylch. Ro'n i wedi gwneud fy ymchwil am sut i arwain y seremoni – fues i ar gwrs, felly dwi'n 'offeiriad sifil ardystiedig' nawr. Dwi ddim yn gwneud pethau ar hanner ymdrech – os ydw i am wneud rhywbeth, dwi'n ei wneud e'n iawn.

Aeth popeth yn berffaith, a chawson ni ddiwrnod arbennig iawn. Roedd Clare yn edrych yn brydferth tu hwnt, a wnaeth hi hyd yn oed gynnwys Enfys yn y lluniau swyddogol gyda'r teulu. Mae'n rhaid i fi ddweud bod fy merched wedi croesawu Enfys i'n teulu'n gynnes. Dwi'n falch iawn o'r tair ohonynt. Trueni nad yw Huw yn gallu bod yr un mor haelfrydig tuag ata i.

Erbyn yr hwyr, roedd pawb wedi yfed cryn dipyn o siampên, roedd y briodferch a'i gŵr wedi noswylio ac roedd staff y gwesty wedi dechrau tacluso'r neuadd. Dim ond Enfys a fi oedd ar ôl. Penderfynon ni fynd am dro ar y traeth cyn mynd i'r gwely. Roedd y lleuad yn ddisglair fel arian ar wyneb y môr, ond wrth i mi ei hedmygu hi, cipiodd cwthwm o wynt sgarff sidan Enfys oddi ar ei hysgwyddau. Chwyrlïodd yn yr awyr cyn disgyn ar wyneb y dŵr, ddim yn bell oddi wrthon ni.

'Paid â phoeni, af i i'w nôl hi nawr,' dwedais i'n fonheddig. Cyn pen dim, ro'n i wedi tynnu fy nillad ac wedi plymio i mewn i'r dŵr fel hen dwpsyn.

'*Skinny-dipping*!' ebychodd Enfys. 'Syniad gwych!'

Doedd e ddim yn syniad gwych o gwbl. Ugain munud wedyn, roedd y traeth wedi ei oleuo fel petai'n ganol dydd golau. Roedd yr heddlu'n amneidio ac yn galw yn Sbaeneg. Dydw i ddim yn siarad Sbaeneg, ond ro'n i'n deall ein bod ni mewn trwbwl. Diolch byth 'mod i wedi cydio yn sgarff Enfys, achos ro'n i'n gallu ei lapio amdani er mwyn diogelu ei gwyleidd-dra i ryw radde. Yn anffodus, roedd yn rhaid i fi ddod mas o'r môr yn noeth borcyn, a fy nwylo yn yr awyr. Doedd y dŵr ddim mor gynnes ag y byddech chi'n ei ddisgwyl.

Ar ôl i ni ddringo i'n dillad yn llawn cywilydd a thywod, aethpwyd â ni lawr y stryd i orsaf yr heddlu.

'So ti'n meddwl ein bod ni wir wedi'n harestio, wyt ti?' gofynnodd Enfys yn bryderus.

'Paid â bod yn sofft!' Ro'n i'n ceisio swnio'n hyderus,

ond do'n i ddim yn teimlo felly. Ro'n i'n ceisio meddwl pwy gallwn i ei ffonio am gymorth. Mae gen i gysylltiadau yn yr heddlu yn Lloegr o hyd, ond pan estynnais ym mhoced fy nhrowsus am fy ffôn, sylweddolais i ei fod e wedi cael ei ddwyn, yn ogystal â fy waled! Pan holais i, sylweddolodd Enfys ei bod hi wedi colli ei bag llaw hefyd. Erbyn i ni gyrraedd gorsaf yr heddlu, ro'n i'n ferw grac.

'You wait here,' cyfarthodd yr heddwas wrth ein harwain ni mewn i'r dderbynfa.

'Mae hyn yn wastraff amser llwyr! Dyle'r heddlu fod yn mynd ar ôl y cythraul lleidr a fachodd ein harian a lle'n cywilyddio ni fel hyn!'

'Hoffen i gael fy nwylo ar y diawl,' meddai Enfys. 'Betia i taw pwy bynnag ffoniodd yr heddlu ddwgodd ein waledi! Y bastad ewn!' Roedd heddwas yn eistedd mewn bwth gyferbyn â ni. Saethodd ei ben i fyny pan glywodd ni'n siarad.

'Cymry? Chi'n Gymry?' holodd, ag acen Sbaeneg ar ei Gymraeg.

'Ydyn!' meddai Enfys, yn gwenu fel giât yn sydyn. Daethai duwies ffawd i ofalu amdanon ni. Roedd y Cwnstabl Carwyn Fernández yn dod yn wreiddiol o'r Gaiman ym Mhatagonia. Roedd e'n arfer canu mewn côr meibion ac roedd yn edmygwr mawr o Bryn Fôn. Roedd e ac Enfys yn cyd-dynnu i'r dim. O fewn hanner awr, roedd y ddau ohonynt yn canu deuawd 'Coedwig ar Dân'. Cawsom ein rhyddhau gyda dirwy o 500 Ewro ac addewid o ymweliad â Chymru gan Carwyn. Roedd Enfys yn daer bod yn rhaid i'r heddwas ifanc gwrdd â'i nith ddibriod ym Mhen-y-bont ar Ogwr.

Ffoniodd Carwyn y gwesty, ond doedden nhw ddim yn gallu cael gafael ar fy merched. Yn anffodus, heb fy ffôn symudol, dwi ar goll. Dwi ddim yn ffwdanu dysgu rhifau erbyn hyn, a'r unig rif roedd Enfys yn ei gofio oedd un Huw yng Nghaerdydd. Dyna sut y daeth e i dalu am ein hanturiaethau, a dyna sut daethon ni i fod yn eistedd yn ei gar drannoeth, yn gwrando ar bregeth am foesau a chyfrifoldebau.

Ro'n i'n gwybod bod yr Eisteddfod wedi cyrraedd Trebedw erbyn ein bod ni yn Rhydaman – roedd y tagfeydd traffig yn uffernol. Dan rwgnach, rhoddodd Huw fenthyg ei ffôn ffansi i fi gael siecio fy e-byst a rhoi gwybod i 'mhlant ein bod ni wedi cyrraedd Cymru'n saff. Roedd pentwr o e-byst yn aros amdana i wrth Siwan.

'Mae Siwan yn dweud bod tri o'n criw ni wedi mynd trwodd i rownd derfynol Dysgwr y Flwyddyn – Clive, Caryl a Glesni! Mae'r seremoni'n hwyr pnawn 'ma. Dylen i fynd lawr i'r Maes i ddangos fy nghefnogaeth …'

'Wrth gwrs dylet ti fynd,' meddai Enfys. 'Ti fydd 'na flwyddyn nesaf, cofia! Gallith Huw dy ollwng di yno nawr os wyt ti am? Dyw e ddim yn broblem, nag yw, Huw?'

'Dim problem o gwbl. Gadawa i di mas fan hyn os ti moyn,' meddai Huw wrth i ni ruthro heibio i'r gladdfa sbwriel.

'Huwcyn!' dwrdiodd Enfys. Ceisiodd gynnal y sgwrs am weddill y siwrne, ond roedd Huw yn achos coll. Roedd hi'n rhyddhad gweld arwyddion melyn yr Eisteddfod yn dechrau ymddangos ar hyd y ffordd. Stopiodd Huw'r car gydag ysgytwad tu fas i'r maes parcio.

'Sai'n mynd dim pellach, neu bydda i'n sownd fan hyn am oriau.'

Wnes i ddim protestio.

'Diolch, Huw,' dwedais i'n ofalus. 'Enfys, gaf i lifft 'nôl wrth Clive.'

'Iawn, wela i di gartre, 'te,' dwedodd hi mewn llais fflyrtlyd.

'"Gartre"?!' ebychodd Huw. 'Beth wyt ti'n feddwl, "gartre"?'

Caeais i ddrws y car yn glep, yn falch na fyddwn i yno i glywed Enfys yn datgelu'r daranfollt honno wrth ei mab. Wedi dweud hynny, syniad Enfys oedd e! Ro'n i'n barod i neud gwraig barchus ohoni.

'Sai eisiau priodi byth eto,' meddai hi. 'Dwi wedi gwneud hynny unwaith. Beth am i ti symud mewn gyda fi? Wnawn ni fyw mewn pechod!'

Sut gallen i wrthod?

*

Wrth i fi gyrraedd y maes, roedd y glaw wedi peidio a'r haul yn gwenu dros yr holl fwrlwm a sbloets. Do'n i ddim wedi bod i'r Eisteddfod ers o'n i'n grwt, ac roedd y cyfan wedi newid cryn dipyn. Roedd hi'n llawer mwy crand nag o'n i'n cofio, ac roedd llawer iawn mwy o bobl. Crwydrais i heibio i stondinau bwyd, diod, llyfrau a chrefftau, a llwyfan awyr agored a band roc yn perfformio arno. Ac ym mhob man, clywais ein hiaith ni'n cael ei siarad fel y brif iaith ym mhob twll a chornel. Roedd hi'n ynys Gymraeg! Holais fy hun bryd hynny: sut gallen i fod wedi cadw draw dros yr holl flynyddoedd?

Gwynfor

Ro'n i wedi trefnu cwrdd â phawb tu fas i'r brif fynedfa am bump. Gwelais i Sangita'n gyntaf. Chwifiodd hi arna i gan wenu wrth i fi agosáu. Roedd hi'n braf cael gweld wyneb cyfeillgar ar ôl dwy awr yng nghwmni Huw piwis.

'Gwynfor! Fe ddest ti wedi'r cyfan!'

'Do … jest! Newydd ddod o'r maes awyr ydw i! Sut wyt ti ers amser?'

Fe rannon ni ein straeon am ddramâu teuluol nes i'r lleill gyrraedd. Synnais i at ba mor hapus o'n i i weld yr hen griw brith!

'Ydy pawb yma?' gofynnais.

'Ydyn, dyma ni,' meddai Peter, 'well i ni fynd. Yn ôl yr hysbysfwrdd draw fan 'na, mae'r cyhoeddiad i fod i ddigwydd o fewn yr awr.'

Roedd pawb yn cloncan a neb yn talu sylw i ble yn union roedden ni'n mynd.

'I ble'r wyt ti'n ein harwain ni?' gofynnais i Jemma ymhen rhai munudau.

'Fi? Sai'n gwybod. Dwi'n dilyn Siwan.'

Edrychodd pawb ar Siwan, gan mai hi oedd yr athrawes, gan ddisgwyl iddi egluro i ble ddylen ni fod yn mynd, ond codi ei gwar wnaeth hi.

'Peidiwch â gofyn i fi …'

Dechreuodd pawb siarad dros ei gilydd.

'Ym Mhabell y Dysgwyr mae e.'

'Ond ble mae honna?'

'Dylen ni fod wedi codi map fel dwedais i …'

'Pam na wnawn ni jest ofyn i rywun?' dwedodd Jemma o'r diwedd. 'Edrychwch! Mae map gyda'r dyn yna ar ei iPad. Wna i ofyn iddo …'

Cyn i ni allu ei stopio hi, roedd hi wedi sleifio lan at yr hen foi.

'Helô, Jemma ydw i.'

'Helô, Jemma. Dafydd ydw i,' meddai e'n siriol.

'Mae'n flin gen i dy boeni di, Dafydd, ond alla i gael pip ar dy declyn di, plis?'

Roedd Siwan yn syllu'n gegrwth drwy'r cyfan nes i Jemma ddod 'nôl aton ni'n wên i gyd.

'Am ddyn clên!' meddai. 'Reit 'te bawb, dilynwch fi!'

Wrth i ni i gyd ddilyn Jemma, roedd Siwan yn edrych fel tase hi eisiau i'r ddaear ei llyncu'n fyw.

'Dwi'n methu credu dy fod di newydd ofyn i Dafydd Iwan ddangos ei "declyn" i ti! Yffarn!'

O'r diwedd, daethon ni o hyd i babell a'r geiriau enfawr 'Maes D' wedi eu plastro drosti. 'D' am 'Dysgwyr'. Mae gen i ryw deimlad o ddicter am y gair hwnnw. Cymro ydw i, wedi'r cwbl. A oes rhaid i fi ailddysgu sut i fod yn Gymro? Efallai fod e. Aethon ni i mewn i'r babell a darganfod Caryl a'i theulu'n eistedd wrth ford gyda Clive a Glesni, a hithau'n edrych yn ddirmygus ar blant Caryl. Roedd y bachgen yn dringo dros y cadeiriau i gyd, a'r un fach yn helpu ei hun i bob un plât ar y ford. Roedd siocled dros ei hwyneb fel paent rhyfel.

'Wel, 'drychwch ar y crachach fan hyn a'u bwyd ffansi!' meddai Jemma.

'Daethoch chi i gyd i'n cefnogi ni!' bloeddiodd Caryl. Roedd hi'n edrych braidd yn emosiynol; hormonau, siŵr o fod. Roedd hi'n fwy enfawr nag erioed.

'Wel, wrth gwrs do fe!' meddai Siwan, 'Chi yw sêr ein dosbarth – Jemma, Clive, Caryl a Glesni!' Wrth iddi ddweud hyn yn or-ddramatig, gan chwifio braich at bob un wrth ei enwi, roedd ei llygaid yn chwilio'n wyllt am y criw teledu. Roedden nhw'n ffilmio cyflwyniad gyda menyw hyderus yr olwg ym mhen arall y babell.

'Www, ife hi yw'r gystadleuaeth?' gofynnodd Sangita.

'Gallech chi ddweud hynny,' atebodd Glesni yn ffroenuchel. 'Mary Pugh yw ei henw.' Roedd criw mawr o fenywod arianwallt o'i hamgylch.

'Mae'n edrych fel tase hi wedi dod â hanner Mercher y Wawr gyda hi!' wffftiodd Peter.

'Wel, on'd wyt ti'n iach yr olwg!' dwedais i, wrth i Caryl fy nal i'n edrych ar ei bol.

'Dwi'n anferth, on'd ydw i?' meddai hi'n benisel. 'Dwi'n teimlo fel morfil.'

'Nonsens, pwt! Ti'n edrych yn brydferth!' meddai Sangita.

'A sut wyt ti, Glesni?' gofynnais i. 'Barod amdani?'

'Dwi'n iawn, diolch am ofyn, Gwynfor. Rydw i wedi gwneud fy ngorau glas.'

'A tithau, Clive?'

Roedd yntau'n welw.

'Wyt ti'n iawn, Clive?' gofynnodd Sangita.

Fe fwmialodd e rywbeth cyn sgrialu i ffwrdd. Aeth Jemma ar ei ôl e'n bryderus.

'Pryd maen nhw'n cyhoeddi enw'r enillydd, 'te?' gofynnodd Peter, gan eistedd i lawr yng nghadair wag Clive.

'Nawr, yn ôl pob golwg!' meddai gŵr Caryl, yn cau ei freichiau am y ddau blentyn. Roedd rhyw fenyw fyrdew wedi mynd at y meicroffon ar y llwyfan.

'Ydy pawb yn gallu fy nghlywed i? Da iawn. Noswaith dda i chi i gyd. Diolch am ddod i ddathlu'r ymdrech syfrdanol a'r cyfraniad diwylliannol hollbwysig sy'n cael eu gwneud gan bawb sy'n dysgu Cymraeg. Dilys Prydderch ydw i. Mae wedi bod yn fraint i gwrdd â phob un cystadleuydd oedd yn ymgeisio am Ddysgwr y Flwyddyn eleni, ac i dreulio tair awr gyda fy nghyd-feirniaid ffyddlon, John a Mei, wrth i ni drafod y cystadleuwyr terfynol. Mae pob un ymgeisydd eleni'n cynnig rhywbeth gwahanol ac unigryw. Yn Clive, rydyn ni'n gweld rhywun sydd nid yn unig wedi dod â'r iaith i mewn i'w fywyd, ond y wlad ei hun hefyd. Gyda'i Glwb Garddio Plant, mae'n dysgu palu a barddoni yn yr un man, a thrwy hyn, mae'n plannu hadau'r iaith yng nghalonnau'r genhedlaeth nesaf.'

Taflodd Sangita gipolwg arna i gan ystumio, 'Clwb garddio plant?' Hwn oedd y tro cyntaf i fi glywed amdano hefyd. Ro'n i'n dal i ryfeddu at y ffaith fod Clive wedi cyrraedd y rownd derfynol, heb sôn am ddysgu barddoniaeth, ond yn amlwg, roedd mwy i Clive nag roedd neb yn ei weld. Parhaodd Dilys i siarad.

'Yn ogystal â'i hymdrechion i godi arian dros y Mudiad Meithrin, mae Caryl wedi rhannu ei chariad at yr iaith drwy sefydlu prosiect cynghorwyr gwaith cartref i gefnogi rhieni di-Gymraeg sy'n anfon eu plant i ysgolion Cymraeg.' Roedd Siôn yn wên o glust i glust.

'Nid yn unig mae Glesni wedi meistroli'r iaith Gymraeg i safon uchel, ond mae hi hefyd yn rhoi cyfle i ddysgwyr eraill yn y dref ymarfer siarad gyda'i boreau Clonc a Choffi. Wedyn Mari, Saesnes sy wedi'i lapio ei hun yn niwylliant Cymru, sy'n gweithio'n ddiflino dros

Gymdeithas yr Iaith, ac sy bellach wedi dechrau gweithio fel tiwtor Cymraeg i oedolion. Rydych chi i gyd yn haeddu anrhydedd. Yn anffodus, mae'n rhaid i ni ddewis un enw yn unig. Enillydd Dysgwr y Flwyddyn eleni ydy … Clive Llewelyn.'

Bloeddiwyd cymeradwyaeth o'n bord ni, ond doedd Clive ddim i'w weld yn unman. Roedd seibiant ansicr, a phawb yn edrych o gwmpas mewn penbleth. O'r diwedd, cafodd Clive ei wthio i'r llwyfan gan Jemma, a hithau'n curo dwylo'n gynhyrfus. Wrth i'r plât coffa gael ei sodro yn nwylo Clive, roedd e'n edrych fel dyn yn cael ei hala at y crocbren.

Roedd y criw camera'n ysu am gyfweliad gyda'r enillydd, ond doedd e ddim yn fodlon rhannu mwy na llond dwrn o Gymraeg gyda'r cyflwynydd siriol.

'Ddylen i ddim bod yma … mae hyn yn gamgymeriad llwyr … mae'n flin 'da fi …' meddai Clive. Roedd e'n ceisio rhedeg bant, ond roedd Siwan wedi lapio ei hun dros ei ysgwyddau, gan wasgu ei hun i mewn i'r llun.

'Dere 'mlaen, Clive! Does dim eisiau bod mor swil!' dwedodd hi, yn llygadu'r camera. 'Ry'n ni'n haeddu'r foment hon!' O'r diwedd, tynnodd Clive yn rhydd a rhedeg i ffwrdd fel gwenci. Ni chynhyrfwyd Siwan gan ei ddihangfa. Roedd hi'n falch o gael y camera iddi ei hun.

'Mae'n dipyn o sioc iddo!' ebychodd hi. 'Mae'n fud gan syndod! Sai'n gwybod ydych chi'n gwybod hyn, ond roedd tri o'r pedwar cystadleuydd olaf o dan fy ngwarchodaeth … Fyddwn i ddim yn mynd mor bell â defnyddio'r gair "athrylith", ond mae addysg yn rhyw fath o alwedigaeth i fi …' Wrth ein bwrdd ni, roedd pawb yn ceisio gweithio mas beth yn y byd oedd wedi dod dros Clive.

'Allwch chi gredu'r peth? Yn rhedeg off fel 'na!' meddai Caryl.

'Dwi wastad wedi amau ei fod e ar y sbectrwm awtistig,' dwedodd Peter.

'Mae'n foi od, chwarae teg,' oedd fy sylw i.

'Ond mae Jemma wedi gwneud sut les iddo fe!' meddai Sangita. 'Ble mae Jemma, gyda llaw?'

'Rhedodd hi off sbel yn ôl,' dwedodd Glesni. Erbyn hyn, roedd y criw camera wedi llwyddo i ddatglymu eu hunain oddi wrth Siwan. Aeth y cyflwynydd brwdfrydig rownd ein bwrdd ni'n chwilio am *soundbites*.

'Hen dro, Glesni!' meddai hi. 'Wyt ti'n siomedig iawn?'

'Ddim o gwbl! Rydw i wrth fy modd dros Clive,' meddai Glesni, a'i cheg wedi rhewi fel gwên ci marw. 'Wir i chi, mae'n haeddu'r teitl yn fwy na neb. Tasech chi wedi ei glywed e'n siarad dim ond tri mis yn ôl … Ond ers hynny, dwi wedi bod yn ei helpu e, ac wrth wrando arno erbyn hyn, fe fyddech chi'n meddwl ei fod wedi cael ei fagu yn yr iaith Gymraeg!'

'Aww, mae hynny yn hyfryd!' parablodd y fenyw. 'Beth amdanat ti, Caryl? Wyt ti'n iawn?'

'Wrth gwrs! Dwi'n hapus dros Clive, ond dwi hefyd yn falch fod yr holl beth drosodd! Dwi wedi blino'n rhacs! Mae gen i ddêt gyda bath a phaned o goco nawr.'

'Chware teg i ti, Caryl! Pryd mae'r babi i fod i gyrraedd?'

'Unrhyw ddiwrnod nawr.'

'Wel, pob lwc i ti.' Diflannodd y criw teledu i siarad â Mary Pugh.

'Dwi'n gobeithio dy fod di'n croesi dy goesau tan ar ôl y penwythnos,' meddai Peter wrth Caryl.

Bu saib dryslyd.

'FY MHRIODAS?!' gwaeddodd Peter.

'Wrth gwrs! Sori!' meddai Caryl.

'Chi i gyd yn dal i ddod, nag y'ch chi?' arthiodd Peter at bawb.

Dechreuodd pawb siarad dros ei gilydd.

'Wrth gwrs …'

'Yn bendant …'

'Priodas y ganrif! Sut allen ni fod wedi anghofio?'

Roedd croten Caryl wedi dringo mewn i'w chôl erbyn hyn.

'Well i ni fynd, dwi'n meddwl,' meddai Caryl. 'Mae angen cael y mwnciod 'ma i'r gwely.' Ar hynny, dechreuodd pawb grwydro am yr allanfa gan longyfarch ei gilydd a ffarwelio. Yn y diwedd, dim ond fi a Peter oedd ar ôl.

'So ti'n mynd adre, Gwynfor?'

'Mae hyn yn lletchwith, braidd. Ro'n i'n gobeithio cael lifft adre wrth Clive.' Daeth hanner gwên dros wyneb Peter.

'Wyt ti eisiau dod gyda fi?'

'Bydden i'n ddiolchgar iawn.'

'Des i yn y tryc, cofia. Fe fydd rhaid i ti ddioddef drewdod yr alpacas …'

'Alpacaod,' dwedais i â gwên.

Clive

Enw fi ydy Clive. Dwi'n **dri** deg naw. Fi wedi bod yn dysgu Cymraeg ers … o, stwffia hyn.

Glesni

Ro'n i'n sgleinio'r llestri arian pan ganodd y ffôn. Ro'n i'n dal mewn gwewyr am ganlyniad Dysgwr y Flwyddyn. Bu'n ergyd drom i fi, a dweud y gwir. Mae pawb yn dweud fy mod i wedi cael cam. Yr unig gysur oedd y ffaith nad enillodd Mary Pugh ddim chwaith. Ar ben siom yr Eisteddfod, roedd hi hefyd yn ben-blwydd ar Lesley. Mi fyddai hi wedi bod yn saith deg pump tase hi'n dal yn fyw. Ro'n i'n ceisio cadw'n brysur rhag hel meddyliau pruddglwyfus, ond roedd wir eisiau rhywbeth i godi fy ysbryd. Ystyriais i wedyn tybed a oedd Lesley wedi bod yn gwrando ar fy meddyliau, oherwydd yn y pen draw, bu'n ddiwrnod llawn newyddion da. Daeth yr alwad ffôn gyntaf gan Gerald Thomas, cadeirydd y criw U3A, yn gofyn i fi baratoi darlith ar gyfer y cyfarfod canlynol oherwydd bod y siaradwr gwadd gwreiddiol, Joan Humphreys, yn yr ysbyty ar ôl cwympo.

'Baswn i wrth fy modd, Mr Thomas!' ebychais i. 'Ac mae gen i'r testun perffaith!' Mae gen i wybodaeth drylwyr am hanes enwau lleoedd pob un sir yng Nghymru. Fe fydd criw U3A wrth eu bodd.

Roedd yr ail alwad dderbyniais i'r bore hwnnw gan Brenda Blodau. Roedd hi'n galw i roi gwybod i fi fod blodau'r eglwys yn barod i fi eu casglu, ond yn bwysicach, efallai, roedd ganddi newyddion am gwymp Joan Humphreys. Yn ôl Betty Siencyn – sy'n nabod prif nyrs y ward geriatrig – fe lithrodd Joan yn sawna'r ganolfan iechyd ac roedd hi'n noethlymun ar y pryd! Ffor shêm! Mae'n debyg y bydd Joan yn yr ysbyty am wythnosau. Felly, i edrych ar yr ochr olau, mae cyfle nawr i aelod newydd ymuno â Chlwb Bridge Trebedw. Penderfynais i bicio draw i'r ysbyty wedyn gyda bag o rawnwin iddi.

Ro'n i ar fin gadael y tŷ pan ganodd y ffôn am y drydedd waith. Dilys Prydderch oedd yno – prif feirniad Dysgwr y Flwyddyn! Roedd Clive wedi tynnu'n ôl o'r gystadleuaeth a hoffai'r beirniaid gynnig gwobr Dysgwr y Flwyddyn i finnau yn ei le! Rhois y ffôn i lawr â gwên fodlon.

'Diolch,' sibrydais i wrth Lesley. Oedais am eiliad i serio'r foment hanesyddol ar fy nghof. Wedyn es i ati i dwtio'r tŷ cyn i griw camera S4C gyrraedd i wneud eitem am ddeiliad newydd sbon teitl Dysgwr y Flwyddyn. Ro'n i wedi paratoi fy nheisen lap chwedlonol, ac roedd ei haroglau hyfryd yn llenwi'r lle. Agorais i'r drws a gweld wyneb cyfarwydd.

'Teleri! Mae'n braf cael dy weld di eto!' dwedais i. Hi oedd y fenyw ifanc a ddechreuodd ein ffilmio ni yn y dosbarth Cymraeg. Ro'n i'n llai hapus i weld y fenyw sain a'r dyn camera'n trampio i mewn ar ei hôl hi yn eu sgidiau mwdlyd.

'Wel, sut ydych chi'n cadw, Glesni? Ydych chi moyn i ni dynnu ein sgidiau?'

'Dwi'n iawn, diolch am ofyn – peidiwch â phoeni am dynnu'ch sgidiau, wir!'

Dilynon nhw fi i'r stafell flaen, lle'r oeddwn i wedi gosod y llestri te a'r gacen.

'Eisteddwch. Nawr, Teleri, mae'n rhaid i ti ddweud wrtha i beth yn y byd ddigwyddodd ynglŷn â'r rhaglen roedden ni i fod i'w ffilmio? Un wers roeddech chi i gyd yno, a'r tro nesaf, doedd dim sôn amdanoch chi! Alla i ddim â chael unrhyw sens mas o Siwan. Wrth gwrs, ti'n gwybod yn iawn sut un yw hi ...'

'Sai'n gwybod, Glesni. Dwi'n troi lan lle bynnag maen nhw'n gofyn i fi fynd,' atebodd Teleri'n ddiplomataidd. Ges i'r teimlad bod rhaid iddi gadw pethau'n gyfrinachol. Dyna broffesiynol.

'Gair i gall!' dwedais i wrth dapio fy nhrwyn. Tra oedd y criw yn gosod eu peiriannau, dechreuodd Teleri grwydro o gwmpas y stafell fyw, yn whilmentan drwy'r mân bethau ar y seld. Roedd hi'n bodio fy nhlysau *bridge* pan ddaeth hi o hyd i lun ohono i a Lesley ar ein gwyliau yn Aber-porth.

'Pwy sy yn y llun 'ma, Glesni?' gofynnodd hi'n ddidaro. 'Eich chwaer?'

'Mae bysedd busneslyd 'da ti, on'd oes e?' dwedais i'n chwareus, er 'mod i'n teimlo braidd yn ddig a dweud y gwir. I fod yn deg â Teleri, ymddiheurodd hi'n llaes.

'Lesley sy yn y llun. Fy ffrind annwyl, Lesley. Bu farw, yn anffodus. Canser.' Dyw hi ddim fel fi i gael fy llethu gan emosiwn, ond efallai oherwydd ei bod yn ben-blwydd ar Lesley, ces i fy hun yn sychu deigryn o gornel fy llygad. Rhoddodd Teleri law llawn cydymdeimlad ar fy mraich, ac er mawr ryddhad i fi, newidiodd y pwnc yn glou.

'Ry'n ni newydd ddod o dŷ eich cymydog, Mari Puw.'

'Ti'n gwybod taw nid hwnna yw ei henw go iawn, on'd wyt ti? Mary Pugh oedd ei henw nes iddi gwrdd â'i hanwylyd Cymraeg.'

'Ifor, chi'n feddwl? Am foi clên – tipyn o swynwr!'

'Wel. Dyna un gair amdano fe. Efallai nid y gair fydden i'n ei ddewis.' Gwenodd Teleri'n fodlon.

'Na? Pa air fyddech chi'n ei ddewis, Glesni?'

'Cnaf, efallai? Wnaeth hi gwrdd ag e ar gwrs dyfrlliw ym Mrechfa, ti'n gwybod.'

'Wnaeth hi ddim sôn.'

'Dwi ddim yn synnu. Gadawodd ei gŵr a'i phlant er ei fwyn e.'

'Do fe wir?'

'Wel. Rydw i'n siŵr na fydd hi eisiau cyhoeddi'r gwir golau. Sai'n credu byddai Merched y Wawr yn bles iawn â'i giamocs! A hithau'n creu'r argraff ei bod hi'n gapelwraig fawr! Ond dydw i ddim yn un i daenu clecs, cofia … Beth am dafell arall o deisen?'

Estynnodd Teleri am y gacen a golwg synfyfyriol ar ei hwyneb.

'Beth yw eich barn am brotest Mari Puw, 'te?'

'Pa brotest?'

'So chi wedi clywed?' Atebais i drwy ysgwyd fy mhen, gan fod llond ceg o deisen lap gyda fi ar y pryd.

'Ar ôl i Clive Llewelyn gael ei ddiarddel o Ddysgwr y Flwyddyn, cynigwyd y teitl i Mari Puw, ond fe ballodd hi ei dderbyn oherwydd taw Canolfan Enfys sy wedi noddi'r tlws eleni. Fel Cristnoges, doedd hi ddim yn teimlo y gallai dderbyn tlws gan sefydliad sy'n hybu priodasau un-rhyw.'

Glesni

Dechreuais i dagu ar fy nghacen! Mi wnes i fy esgusodion a chuddio yn y stafell ymolchi gan geisio cael fy nerth yn ôl. Roedd llawer o fanylion i fi eu prosesu. Yn y lle cyntaf, nid tynnu'n ôl wnaeth Clive, ond cael ei wahardd. Beth yn y byd oedd e wedi'iwneud, tybed? Rhywbeth troseddol, efallai! Wedyn at fusnes y dewis nesaf. Do'n i ddim hyd yn oed yn ail ddewis, ond yn drydydd ar y rhestr. Man a man rhoi teitl Dysgwr y Flwyddyn i'r hwch ddigywilydd Caryl 'na!

Roedd yr urddwisg wen o fewn fy ngafael, ond sut gallwn i gipio'r teitl a chadw fy urddas a fy hunan-barch hefyd? Gofynnais i mi fy hun beth fyddai Lesley wedi ei gynghori? Roedd Lesley'n strategydd penigamp; dyna oedd wrth wraidd ein llwyddiant fel pâr *bridge*. Byddai hi'n gallu gweld y gwendid yng nghynllun ein gwrthwynebwyr bob tro. Wrth i fi feddwl am Lesley, pendronais faint mae'r byd wedi newid ers ein hamser ni. Pa mor wahanol fyddai'n bywydau ni wedi bod petaen ni wedi cael ein geni ddeugain mlynedd ynddiweddarach?

Ro'n i'n dychmygu Mary Pugh yn ei llongyfarch ei hun ar amddiffyn ei hegwyddorion pan ddaeth yr ateb i fi. Gall dau chwarae'r gêm yna, Mary Pugh! Des i mas o'r stafell ymolchi'n benderfynol.

'Mae gen i rywbeth i'w ddweud. Yn swyddogol. Ar gamera,' cyhoeddais.

'O'r gorau,' meddai Teleri'n ansicr. 'Arhoswch eiliad nes bod y camera'n troi.' Gwnaeth hi i fi eistedd mewn cadair, clymu meicroffon amdana i a phwyntio lamp at fy wyneb. Erbyn hyn, ro'n i wedi colli tamaid o fy mhenderfynoldeb. Roedd hi'n pwyso tuag ata i'n frwdfrydig. Roedd hi'n gallu synhwyro stori. Yn sydyn, ro'n i'n teimlo fel llwynog mewn helfa.

'Iawn. Ni'n barod. Nawr 'te, beth hoffech chi ei ddweud yn swyddogol, ar gamera?' gofynnodd Teleri.

'Dwi wrth fy modd yn derbyn teitl Dysgwr y Flwyddyn a'r tlws a noddwyd gan Ganolfan Enfys. Rydw i'n Gristion fel Mary Pugh, ond dwi'n sefyll yn erbyn ei phrotest,' dwedais i.

Bu saib.

'Felly, rydych chi o blaid hawl pobl hoyw i briodi?'

'Ydw.'

'Allwch chi ymhelaethu ar hynny?'

'Mae hwn yn achos sy'n agos at fy nghalon oherwydd, fel mae'n digwydd, rydw i fy hun yn …'

Roedd llygaid Teleri fel soseri.

'Rydw i … yn …'

Roedd Teleri'n dal ei hanadl.

'Rydw i fy hun yn …. mynd i briodas un-rhyw y penwythnos yma! Mae'r priodfab – un ohonyn nhw – yn dysgu Cymraeg yn yr un dosbarth â fi. Mae'r iaith Gymraeg ar gyfer pawb.'

Roedd y criw teledu'n llawn geiriau cefnogol wrth iddynt hel eu pac.

'Wna i ffonio i roi gwybod i chi pryd fydd yr eitem ar y rhaglen,' meddai Teleri wrth iddi gyrraedd y drws.

'Iawn. Diolch.'

Wedyn, a hithau ar fin fynd mas, trodd ata i'n dawel a dweud,

'Mi fyddai Lesley wedi bod yn falch iawn ohonoch chi heddiw.'

Ces i fy syfrdanu.

'Wir i ti, Teleri, sai'n gwybod am beth yn y byd rwyt ti'n sôn.'

Gwenodd hithau cyn troi i fynd.

*

Roedd yr haul yn gwenu ar ddiwrnod priodas Peter a Jake, ac roedd y fferm yn edrych yn brydferth tu hwnt. Roedd Brenda Blodau wedi rhoi lifft i fi, felly ro'n i braidd yn gynnar. Gwelais i'r priodfeibion am ychydig, ond roedd ganddynt lond eu dwylo'n paratoi, felly bant â fi i helpu Brenda. Roedd hi wedi gwneud jobyn hyfryd, wir.

'And do you know, Peter and Jake insisted I stay for the wedding!' meddai hi.

'Wel y jiw jiw, 'na beth yw hael,' dwedais i. Dwi mor rhugl erbyn hyn, chi'n deall, ambell waith, dwi'n anghofio siarad Saesneg!

'On'd yw hi wir?' atebodd Brenda.

'Brenda! Ti'n siarad Cymraeg!'

'Me? No! Tamaid bach … nid dy safon di!'

'Ffor shêm, Brenda Roberts! Wel, dyna ni. Dydw i ddim yn mynd i siarad gair o Saesneg â ti byth eto.'

'Never mind that. Just remember you're supposed to be using your new-found fame to get us a celebrity to draw the raffle at the WI Summer Ball!'

'Cymraeg plis, Brenda!' Rholiodd hi ei llygaid.

'I'm off to get a glass of fizz!' Y funud honno, daeth menyw tuag ata i. Rydw i wedi gorfod dod i arfer â fy statws newydd fel person enwog. Dydw i ddim wedi bod mor boblogaidd yn fy myw! Mae pawb eisiau gair gyda Dysgwr y Flwyddyn i gynnig eu llongyfarchiadau. A does neb yn sôn am Clive na Mary Pugh chwaith, felly fel maen nhw'n ei ddweud yng Nghymru, 'gwell y wên ddiwethaf na'r chwarddiad cyntaf'. Ro'n i'n adnabod wyneb y fenyw oherwydd ei bod yn hongian *bunting* yn y sgubor pan o'n i a Brenda'n gosod garlantau blodau ynddi. Pwniodd Brenda fi.

'There goes the enemy. Secretary, Merched y Wawr, she is ...' Chware teg iddi, doedd hi ddim yn edrych yn elyniaethus wrth iddi agosáu.

'Glesni! Rydw i mor falch i gwrdd â ti. Delyth ydw i. Dwi'n rhedeg tafarn y Bedw lawr yr heol. Ro'n i'n gobeithio bydden i'n cwrdd â ti fan hyn. Ro'n i moyn dy longyfarch di ar ennill Dysgwr y Flwyddyn!'

'Diolch yn fawr i chi,' dwedais i. Ro'n i'n teimlo braidd yn amheus. Ai tric o ryw fath oedd hyn?

'A dweud y gwir, do'n i ddim yn disgwyl gweld Merched y Wawr fan hyn heddiw,' dwedais i.

'Wel jiw, pam lai?'

'Wel ... protest Mary Pugh ...'

Wfftiodd Delyth hynny.

'Aeth hi bant ar ei liwt ei hunan gyda'r holl fusnes 'na. Na. Ni'n caru'r hoywon ym Merched y Wawr Trebedw. A dweud y gwir, ro'n i eisiau gofyn wyt ti am ymuno â'n cangen ni?'

Dydw i ddim fel arfer yn un i gyfranogi o'r ddiod gadarn, ond ro'n i wir yn credu bod yr achlysur yn galw am ddathliad. Derbyniais i wydraid o siampên gan y gweinydd tra oedd Huw Ffash yn gofyn i fi sut mae'n teimlo i fod yn

Glesni

Ddysgwr y Flwyddyn. Wir! Erbyn hanner dydd, roedd y crachach i gyd wedi cyrraedd! Mae Jake yn gweithio ym myd teledu yn gwneud colur a gwallt. Felly dyna lle o'n i'n cyfeillachu â mawrion y byd teledu Cymraeg a Chymreig. Gwelais i Mari Grug yn siarad â Sara Lloyd-Gregory! Roedd Stifyn Parri a Derek Brockway yn sipian siampên ger cerflun iâ o *Davide* Michelangelo. Roedd y cyfan yn chwaethus iawn.

Nid oes angen dweud bod Siwan yn ei seithfed nef! Roedd hi wedi dod â'i chariad Rhun fel ei *plus one* ac roedd y ddau ohonynt yn chwerthin yn orffwyll wrth siarad â Sara Lloyd-Gregory. Llyncodd Siwan ei siampên ar un gwynt!

'Mae pobl yn dod lan ata i drwy'r amser yn meddwl taw ti ydw i!' parablodd.

'Wel wir, gallech chi fod yn chwiorydd!' dwedodd Rhun. Doedd Sara ddim yn edrych yn hapus iawn am hynny. Esgusododd ei hun a diflannu i'r dorf.

'Helô, Siwan,' dwedais i.

'Glesni! Ein seren! Llongyfarchiadau! Sut deimlad yw hi i fod yn Ddysgwr y Flwyddyn?'

'Dwi'n falch iawn, diolch, ond wyt ti wedi siarad â Clive? Wyt ti'n gwybod ei fod e wedi cael ei ddiarddel o'r gystadleuaeth?'

'Wel, hoffwn i ddatgan yn swyddogol nad o'n i'n gwybod dim am ddim! All neb roi'r bai arna i! Mae'r dyn yna'n feistr o dwyllwr!' Roedd Rhun yn ysu eisiau cael ei big i mewn.

'Alla i jest ddeud, Glesni, roeddach chi'n dda iawn ar *Prynhawn Da*. 'Swn i'n ama fod llawer o bobl wedi cael sioc i glywed eich barn, a chitha mor …' Pwniodd Siwan e yn ei asennau.

'Mor …?' gofynnais.

Roedd yntau'n edrych yn lletchwith.

'Hen?' meddai o'r diwedd.

'Wel, do'n i ddim wastad yn hen, chi'n gwybod.' Dyna wyneb! Es i i'r tŷ bach cyn y seremoni i dwtio a chael pip ar y cyfleusterau. Yn fy marn i, mae safon tai bach yn adlewyrchu safon digwyddiad. Wel, chwarae teg i Peter, nid *portaloos* cyffredin oedd ei dai bach. Roedden nhw o'r safon uchaf. Mae digon o arian fan 'na, credwch fi. Peidiwch â sôn am lân! Roedden nhw fel *en suite*. Tair stâl, tri basn, sebon Molton Brown. Roedd hyd yn oed tegeirianau mewn fas grisial! Es i mewn i'r stâl i weld y papur tŷ bach – moethus dros ben! Wedyn, clywais i rywun yn dod i mewn. Sbiais i drwy gil y drws a chael cip ar gyfoeth o gwrls. Dechreuodd fy nghalon i guro. Ai hi oedd yno, tybed?

Aeth y fenyw i mewn i'r stâl drws nesa, ac wrth iddi wneud ei busnes, dechreuodd hi gynhesu ei llais. Bydden i'n nabod y llais yna'n unrhyw le – Shân Cothi! Ffawd oedd hyn, dim llai, meddyliais i. Arhosais i'n dawel bach, yn dal fy ngwynt. Ro'n i'n meddwl aros nes iddi hi ddod mas, ac yna dod mas yr un pryd. Fe fydden ni'n chwerthin am gamddealltwriaeth ein cyfarfyddiad diwethaf. Bydden i'n esbonio taw gwylio adar o'n i, nid ysbïo arni hi! Wedyn, fe fyddai hi'n fy llongyfarch i ar fy llwyddiant fel Dysgwr y Flwyddyn, a bydden i'n bachu ar y cyfle i ofyn iddi dynnu raffl Dawns Haf y WI. Perffaith!

Yn anffodus, nid felly y digwyddodd pethau o gwbl. Stopiodd Shân ganu. Ro'n i'n gwrando'n astud, ond aeth popeth yn dawel. Yn rhy dawel. Ro'n i'n dechrau poeni amdani. Beth os oedd hi wedi llewygu? Beth os oedd hi'n sâl? Ac mai dim ond fi oedd yno i'w hachub! Roedd rhaid i fi wneud rhywbeth. Penderfynais wneud yn siŵr nad oedd hi mewn trafferth. Dringais i lan ar ben y tŷ bach. Pipiais i dros y stâl. Edrychodd Shân Cothi i fyny a sgrechian ar dop ei llais bendigedig.

'Ti! Eto! *Security*! *Security*!' gwaeddodd. Ces i gymaint o sioc nes i mi lithro. Cwympais i, ac aeth fy nhroed i lawr y tŷ bach. Y fath amarch! Bûm i'n tynnu a thynnu, ond do'n i ddim yn gallu rhyddhau fy nhroed! Erbyn hyn, roedd rhywun yn dyrnu drws y ciwbicl.

'I need you to come out, madam.'

'I can't! Dwi'n methu cael fy nhroed i mas o'r tŷ bach …'

'If you don't open this door, madam, I will have to break it down.' Gyda hynny, daeth crac ofnadwy wrth i mi dynnu 'nhroed mas o'r toiled a chwympo ar fy mhen-ôl.

'Madam?'

O'r diwedd, wnes i hercian mas o'r stâl ag un goes yn las i gyd ar ôl iddi fod lawr y *portaloo*. Yn anffodus, roedd rhaid i fi golli gweddill y briodas gan i mi sigo fy mhigwrn – roedd e bron wedi torri, a dweud y gwir. Ces i fy hebrwng mas o'r briodas gan ddau ddyn cyhyrog. Caredig iawn. Dwi'n dechrau meddwl nad yw Shân Cothi yn dod â dim ond anlwc i fi! Er hynny, dwi'n meddwl efallai imi adael y parti ar yr amser iawn. Ar y ffordd mas, sylwais i nad oedd cerflun iâ *Davide* Michelangelo mor chwaethus ag o'n i'n ei feddwl. *Luge* fodca oedd e. Roedd Davide yn piso fodca! Dydych chi ddim eisiau gwybod pwy welais i'n gorwedd odano'n gegagored. Ffor shêm!

Peter

Dihunais i ar fore fy mhriodas yn byrlymu â chyffro. Doedd dim un cwmwl yn yr awyr pan es i i fwydo'r alpacaod, ac roedd y fferm yn edrych yn hynod brydferth – fel hysbyseb ar gyfer *Country Wedding Magazine* (wir, mae'r fath beth yn bodoli – mae Jake wedi bod yn casglu copïau). Ro'n i'n methu aros i ddatgan fy nghariad at Jake o flaen ein holl ffrindiau a'n teuluoedd.

Erbyn hanner dydd, roedd hi'n bwrw glaw, doedd yr offeiriad sifil ddim wedi troi lan, ac roedd ein seren canu, Shân Cothi, wedi ein gadael ni mewn twll. I goroni'r cyfan, do'n i ddim gant y cant yn siŵr fod Jake yn dal eisiau fy mhriodi i o gwbl.

'We should've just run off to Gretna Green like I said,' cwynodd e.

'Don't panic. I'll fix it,' atebais, gyda hyder nad o'n i'n ei deimlo o bell ffordd.

Roedden ni yn y beudy lle'r oedd y twmpath i fod i ddigwydd, yn eistedd ar bentwr o fêls a drefnwyd yn ofalus gan Jake. Tra oedd y clos yn llenwi â'n gwesteion, ro'n i, Jake a chriw'r Bedw yn ceisio datrys y pentwr o broblemau oed o'n blaenau.

'Mae'r hog rôst yn siapio – gallen ni ddechrau bwyta'n gynt,' cynigiodd Merf.

'A galla i ddechrau'r twmpath yn syth ar ôl 'ny, felly chollith neb Ms Cothi,' dwedodd Twm Clocsio.

'Ond beth am y seremoni? Os na fydd honna'n dechrau cyn hir, bydd pawb yn meddwi'n rhacs wrth aros amdanon ni!'

'Beth ddigwyddodd i'r blydi offeiriad sifil ta beth?' gofynnodd Tegwyn.

'Gwenwyn bwyd, mae'n debyg.'

'Dydy hi ddim wedi clywed am Imodium?'

'Beth am, yn lle seremoni fel y cyfryw, eich bod chi'n darllen barddoniaeth i'ch gilydd?' awgrymodd Delyth.

'I understood enough of that to say the answer is definitely no! Na!' bloeddiodd Jake. 'If we're not actually getting married, what's the point of all this?' hisiodd a charlamu mas.

Ddwedodd neb air am sawl eiliad. Daliais i Delyth yn tynnu ystumiau.

'Oes gen ti rywbeth i'w ddweud, Delyth?'

'Wel, jest … On'd y'ch chi'n – yn dechnegol – yn briod yn barod?' mentrodd.

'Y gair "technegol" yw'r broblem fan 'na. Dyw Jake ddim eisiau bod yn briod yn "dechnegol". Mae e wedi rhoi ei fryd ar briodas draddodiadol cefn gwlad.'

'Traddodiadol? Wir?'

'Wel, ti'n gwybod be dwi'n feddwl …'

Bu saib arall tra oedden ni i gyd yn pendroni.

'Beth 'sen i'n gyrru i'r dre a chnocio ar ddrws y Parch?'

'Sai'n gwybod Merf, dy'n ni ddim yn grefyddol. Mae braidd yn rhagrithiol, nag yw e?'

''Sdim ots am 'ny, w. Mae'r rhan fwyaf o'r priodasau sy'n digwydd yn San Pedr yn cael eu cynnal yno achos ei gwydr lliw – mae'r briodferch eisiau lluniau pert, t'weld.

Allech chi esgus bod yn grefyddol am ugain munud, on'd allech chi?'

'Wel, os bu erioed foment i weddïo am wyrth,' dwedodd Delyth.

A dyna pryd gwelais i fe, yn cerdded mewn i'r sgubor fel marchog mewn crafat. Do'n i erioed wedi disgwyl bod mor falch i weld ei hen wep ledraidd. Roedd e'n dal i fod yn oren ar ôl ei wyliau ym Mallorca lle priododd e ei ferch ...

'Gwynfor!' ebychais i. Roedd e'n edrych braidd yn syn wrth i fi redeg ato fe'n gyffro i gyd. 'Dwi'n gwybod na ddechreuon ni ddim ar delerau da, Gwynfor, ond dwi'n teimlo'n bod ni'n deall ein gilydd erbyn hyn. Ym, gan dy fod di'n, ym, "offeiriad sifil ardystiedig" nawr ... faset ti'n fodlon fy ngwneud i y dyn hapusaf yng Nghymru a 'mhriodi i a Jake?'

Gwenodd Gwynfor o glust i glust.

'Mi fyddai hi'n fraint, Peter!'

*

Erbyn un o'r gloch y prynhawn, roedd y cymylau wedi codi, yn llythrennol ac yn drosiadol. Ar y lawnt ar bwys y nant, roedd Merf a Brenda wedi gosod porth bwaog yn gyforiog o flodau: lle perffaith i gynnal y seremoni. Roedd Myfanwy'r alpaca gyda ni, wedi ymbincio'n brydferth. Ymgymerodd hithau â'i swyddogaeth o ddal y modrwyon i'r dim! Buodd un anffawd fach pan adawodd hi anrheg priodas stemiog yn yr eil, ond daeth Clive i'r adwy a'i garthu, chwarae teg iddo! O ran Gwynfor, fe lwyddodd e i berfformio'r seremoni â hunanfeddiant, ac yn ddwyieithog hefyd. Er hynny, roedd cwpl o biffiau pan ofynnodd,

'Os oes unrhyw un yn gwybod am unrhyw reswm pam na ddyle'r ddau ddyn yma briodi, dylen nhw siarad nawr neu ddal eu pishyn am byth.'

Ar ôl y seremoni, es i a Jake lan y bryn i gael tynnu ein ffotograffau swyddogol. Roedd y ffotograffydd bron â gorffen pan welson ni fflach yn y goedwig. Gwelais wibiad o wallt melyn ac ro'n i'n gwybod yn union pwy oedd yno.

'It's that bloody reporter, Holly, from the *Western Mail*!'

'You did get Nigel onto that, didn't you?' holodd Jake.

'Of course I did,' dwedais i'n gelwyddog. Yn y diwedd, ro'n i'n rhy brysur gyda Dysgwr y Flwyddyn a threfniadau'r briodas i gysylltu â'n cyfreithiwr – er mawr ofid imi nawr. Wrth i ni nesáu at y goedwig, roedd hi'n amlwg ein bod ni wedi ei gweld hi, felly daeth hi mas o'r prysgwydd yn wylaidd.

'Hiya boys! I was in the area, so I thought I'd do a little follow-up piece on your big day!' Gwanhaodd ei llais wrth iddi weld yr olwg ar fy wyneb. Llyncodd ei phoer.

'Cer o 'ma!' gwaeddais i. 'Cyn i fi ffonio'r heddlu!'

'Hey, chill out, myn! 'Sdim eisiau gwylltu.'

'Ro'n i'n meddwl ein bod ni'n ffrindiau, ond wnest ti fy nhrywanu yn fy nghefn!'

'Mae hynny braidd yn felodramatig, so ti'n meddwl? A ddim cweit yn gywir chwaith,' meddai'r fradychwraig o dan ei gwynt.

'I call my followers "Praidd Peter"?! Wyt ti'n gwybod sawl dilynwr ddad-ddilynodd fi ar ôl hynny? Eu hanner nhw! Dwi'n ceisio rhedeg busnes fan hyn, fenyw! A beth am "the only gays in the village"? Wyt ti'n gwybod pa mor sarhaus yw hynny?' (Ro'n i'n eithaf balch o'r gair hwnnw –

ṣarhaus – ro'n i wedi'i ddysgu ar gyfer fy araith Dysgwr y
Flwyddyn, ond ches i ddim cyfle i'w ddefnyddio.)

Halodd Jake ffotograffydd swyddogol y briodas yn ôl
i'r parti er mwyn i ni ddelio gyda'n 'sefyllfa'. Roedd Holly
wedi dechrau ymgreinio erbyn hyn.

'Mae'n flin 'da fi, wir. Do'n i byth yn bwriadu bod yn
"sarhaus" …'

Eto, o'r ffordd wnaeth hi ddefnyddio'r gair, ro'n i'n
deall yn iawn ei bod hi'n chwerthin ar fy mhen! Ro'n i
ar fin colli 'nhymer yn rhacs. Taflodd Jake gipolwg ata i.
Cilwenodd.

'It's our wedding day. Why don't we let bygones be
bygones?' meddai'n gymodlon. Goleuodd wyneb Holly â
gwên.

'I would really like that,' dwedodd hi'n ofalus, 'a baswn
i wrth fy modd yn gwneud erthygl am y briodas, falle.'

'Come on then,' dwedodd Jake. Cymerodd fy llaw a
fy arwain i lawr y bryn tuag at yr hwyl. O gopa'r bryn,
roedd y fferm yn edrych fel gŵyl haf. Cafodd Jake y
syniad o godi tipi ar gyfer neithior y briodas, a dyna lle'r
oedd ein gwesteion yn joio eu siampên wrth wrando ar
alawon soffistigedig ar y delyn. Yn sydyn, daeth rhuadau
o chwerthin pan ddarganfuwyd y *luge* fodca. Dechreuodd
Holly snapio ei chamera'n wyllt. Fflachiais i fy llygaid ar
Jake, ond gwasgodd e fy llaw. Trysta fi.

'Why don't you get a couple of snaps of the alpacas?'
holodd Jake wrth i ni agosáu at y cae. Roedd hi'n amlwg
taw'r unig fywyd gwyllt oedd o ddiddordeb i Holly oedd
yr hyn oedd wedi dechrau'r rhuo chwerthin i lawr yn y
tipi. Er hynny, roedd hi'n rhy gwrtais i ballu dilyn Jake

wrth iddo fe'i harwain dros y cae tuag at loc yr alpacaod. Llamodd Myfanwy tuag aton ni'n llon. Estynnodd ei phen dros dop y gorlan i dderbyn crafiad y tu ôl i'w chlustiau.

'Wel, on'd wyt ti'n edrych yn bert?' meddai Holly wrth weld rhubanau a blodau Myfanwy.

'Why don't you take a picture?' awgrymodd Jake.

'Iawn! Y ddau briodfab a'r briodferch!'

Ysgyrnygais i ar hynny, ond gwasgodd Jake fy llaw eto.

'Can you fit everything in?' galwodd ar Holly.

'Erm ... not everything.'

'Take a step back, then.'

Dyna pryd wnes i ddeall y cyfan.

'Mae'n bwysig cael y ffermdy yn y cefndir,' dwedais i.

Camodd hi 'nôl.

'A'r clos ...'

Camodd hi 'nôl ychydig yn bellach.

Roedd y pwll compost yn aros amdani hi fel ceg agored, yn barod i frathu ei phen-ôl.

Ebychodd Holly res o regfeydd Eingl-Sacsonaidd wrth iddi gwympo i mewn. Roedd hi'n amhosibl peidio chwerthin.

'Wel, dewch i'n helpu i 'te, y bastads!' sgrechiodd. Cerddodd Jake yn hamddenol tuag ati. Cododd ei chamera o'r baw a thynnu'r garden gof o'r slot. Rhoddodd hi yn ei boced. Erbyn hyn, roedd Holly wedi crafangu ei ffordd mas o'r pwll, yn stecs i gyd.

'If you break that camera –' hisiodd.

'Oops ...' meddai Jake wrth ollwng y camera i mewn i'r pwll compost.

'Difrod maleisus yw hwnna!' bloeddiodd Holly. 'Ffonia i'r heddlu!'

'Sori! Dwi'n gwybod ddylen i ddim chwerthin,' dwedais i drwy fy nagrau, 'ond mae'n anodd dy gymryd di o ddifri a'r talp 'na o gachu'n hongian wrth dy wallt ...'

Roedd hi'n dal i sgrechian wrth i ni gyrraedd gwaelod y rhiw.

'Dwi'n siŵr fydde diddordeb mawr gyda'r heddlu i glywed bod ganddoch ferch i losgwr yn eich sgubor! A *stalker* Shân Cothi!'

Erbyn i ni droi i mewn i'r clos, roedd ein gwesteion wedi eistedd wrth y byrddau yn y tipi ac roedd Merf wrthi'n troi'r hog rôst. Pan welodd e ni'n dynesu, neidiodd Merf ar ei draed fel meistr y ddefod.

'Ladies and Gentlemen! Foneddigion a boneddigesau! Plis sefwch, be upstanding ... ar gyfer y priodfeibion! For the grooms!'

Croesawyd ni i mewn i'r tipi gan gymeradwyaeth ein holl ffrindiau a'n teuluoedd. Roedd yn ddigon i godi deigryn i fy llygaid. Wrth i fi edrych drwy'r dorf, gwelais i Delyth yn chwerthin gyda Cheryl, chwaer Jake. Roedd hithau wedi teithio'r holl ffordd o Darwin, Awstralia, i fod gyda ni! Roedd bois y côr meibion yn cloncan gydag Anti Beryl a'i chariadlanc, Mam yn siarad ag Enfys ac wrth gwrs, roedd criw'r dosbarth Cymraeg yno hefyd. Gwibiai'r ffotograffydd drwy'r dorf, yn tynnu lluniau sydyn o'r holl fwrlwm.

Aeth Jake draw i weld ei chwaer, ac ro'n i ar fin mynd draw at ford y dosbarth pan ddaliais i olwg anghrediniol ar wyneb Enfys. Es i draw i wneud yn siŵr nad oedd Mam yn codi cywilydd arna i. Wrth gwrs, hi oedd y fenyw fwyaf glamoraidd yn y lle. Roedd hi wedi ei lapio'i hun mewn Chanel heb feddwl am eiliad am y baw ar y fferm. Diolch byth fod Jake wedi rhagweld hynny fel arfer, ac wedi paratoi pâr o welis wedi eu gorchuddio â rheinstonau iddi.

'Oh Jake! You're like the son I never had!' meddai hi, heb eironi. Roedd Enfys yn chwerthin yn nerfus pan gyrhaeddais i'r ford.

'Hello ladies, I hope you're enjoying yourselves,' dwedais i.

'Yes,' meddai Mam, 'I was just telling Enfawr here, it all looks terribly quaint but I still don't understand what was wrong with the Dorchester …'

'It's Enfys, Mum. Mae'n flin 'da fi, Enfys, dyw hi ddim yn gyfarwydd ag enwau Cymraeg …'

'Oh, there he goes again with that gobbledygook!' ebychodd Mam. 'I keep telling him, Chinese would be a more useful language for business. *You're* not one of these Welsh Nationalists are you, Anvil?'

Cododd y lliw yn wyneb Enfys. Roedd rhaid i fi neidio i mewn i'r saib lletchwith.

'Empty glasses, ladies?' dwedais i'n glou. 'Why don't I get you another bottle of champagne?'

'Is it pink? You know I only drink pink, Peter,' meddai Mam.

Ro'n i'n teimlo braidd yn euog am adael Enfys gyda Mam, ond roedd gwên slei ar ei hwyneb, felly ro'n i'n gobeithio bod Enfys yn gweld ochr ddoniol y peth!

''Co fe – y priodfab golygus!' gwaeddodd Jemma wrth i fi gyrraedd bwrdd y dysgwyr. 'Dewch i gael llun gyda'r dosbarth Cymraeg! C'mon bawb, gwedwch Caws Caerffili!'

'Ond ble mae Glesni?' gofynnodd Sangita ar ôl fflach y camera. 'Dyle hi fod yn y llun 'ma hefyd.'

'Aeth hi i'r tŷ bach cyn y seremoni a dyna'r tro diwethaf i fi ei gweld hi,' meddai Clive.

'Efallai ei bod hi'n ceisio dy osgoi di, Clive, ar ôl holl ffiasgo Dysgwr y Flwyddyn,' chwyrnodd Siwan yn ddig.

'Dwi wedi ymddiheuro'n ddi-stop! Allwn ni plis newid y pwnc? Chwilio am Glesni oedden ni.'

'O ie, Glesni,' cofiais i'n sydyn. 'Wel, ti'n gwybod pan wedodd Caryl fod *girl crush* gyda Glesni ar Shân Cothi?'

'Ie?'

'Anghofiais i am hwnna ...'

'Wel, mae Shân yn ffrind i Jake, felly roedd hi i fod i ganu i ni heddiw – nes gwelodd hi Glesni. Yn ysbïo arni hi ... yn y tŷ bach!'

'O. Fy. Nuw!' meddai Jemma.

'Beth yffarn oedd hi'n neud?' meddai Caryl.

'Ffoniodd hi'r heddlu?' gofynnodd Gwynfor.

'Yn ffodus, perswadiodd Jake hi i beidio, ond roedd hi'n tampan. Pallodd hi aros, felly mae band 'da ni, ond neb i ganu.'

'Felly ble mae Glesni nawr?' gofynnodd Sangita.

'A & E. Cwympodd hi lawr y tŷ bach!'

'Pŵr dab ...' Fe driodd Jemma ei gorau i beidio chwerthin, ond doedd dim gobaith iddi. Roedden ni i gyd yn gweiddi chwerthin dros bob man erbyn hyn.

Erbyn saith o'r gloch, roedd pawb yn llawen ac yn lled

feddw. Roedd yr areithiau wedi codi chwerthin a dagrau yn dalps, a bu'r twmpath yn llwyddiant penigamp, diolch i fedr Twm Clocsio. Ro'n i a Jake ar ben ein digon. Yr unig beth allai fod wedi bod yn goron ar y cyfan fyddai tase Shân Cothi wedi canu.

Ro'n i'n chwilio am ragor o siampên pan welais i Caryl yn cerdded tuag ata i – wel, nid cerdded oedd hi ond rhyw fath o honcian. Roedd hi naw mis yn feichiog ac yn gwisgo rhywbeth oedd yn edrych fel pabell amryliw. Am olwg! Ro'n i mor falch 'mod i'n briod â dyn.

'Caryl!' ebychais i. 'Ti'n edrych yn hollol syfrdanol!' Taflodd hithau olwg ddrwgdybus ata i. 'Wir! Ti'n wridog, ti'n edrych fel … fel…'

'Hwch,' chwythodd hithau. Roedd y ddau ohonon ni'n piffian chwerthin ar ôl 'ny.

'Ro'n i jest eisiau dweud cymaint wnes i joio dy araith,' meddai Caryl. 'Beth wedest ti am fod yn *best man* i'ch gilydd yn ogystal â gŵr? Roedd e mor rhamantus! Ro'n i'n powlio dagrau!'

'Diolch Caryl. Falle taw dyma'r unig fath o briodas lle mae'n iawn i'r priodfab redeg bant gyda'i was priodas!' dwedais i. Joiodd hi hwnna – chware teg, dwi'n dipyn o dderyn unwaith dwi'n dechrau!

'Trueni nad oedd Siôn a'r plant yn gallu dod heddiw.'

'Nage wir! Sai byth yn cael mynd mas ar fy mhen fy hunan rhagor – ac mae'n hyfryd cael gwisgo ffrog heb olion llaw brwnt a sic drosti!'

'Felly ti'n rhydd i fynd yn wyllt!' dwedais i.

Edrychodd hi lawr ar ei bola anferth a chymryd sipiad o'i dŵr byrlymog.

'Yn hollol boncyrs,' dwedodd hi'n ddi-wên.

Dyna pryd ces i 'nharo gan fflach o ysbrydoliaeth.

'Caryl? Wnest ti wir ganu dros y Deyrnas Unedig yn Eurovision?'

'Do wir, yn fy anterth,' ochneidiodd.

'Wyt ti'n ffansïo canu heno?'

'Fi? Beth? Nawr?'

'Pam lai?'

'Dwi ddim yn Shân Cothi ti'mod … mwy fel Bonnie Tyler …'

'Caryl, plis! Byddet ti'n neud cymwynas fawr â fi. Mae Siwan wedi cynnig perfformio'i fersiwn Gymraeg o "Candle in the Wind" …'

Dyna beth seliodd y peth.

'Iawn. Wnaf i fe!' meddai hi.

Ymddangosodd Caryl ar lwyfan y sgubor i hwrê fawr wrth y dosbarth Cymraeg a heclad wrth Mam, oedd wedi gwagio ei photel o siampên pinc erbyn hynny.

'Thass no' Shân Cothi! Wha' 'appened to Shân Cothi?'

'I ate her,' patiodd Caryl ei bol yn fodlon.

Byrlymodd chwerthin o amgylch y sgubor. Aeth Jake a fi i'r canol a setlodd pawb ar y bêls, yn barod am y ddawns gyntaf. Diolch byth am Gwynfor, neu fydden ni ddim wedi cael dawns gyntaf o gwbl! Naill ai hynny neu bydden ni wedi gorfod esgus taw 'Total Eclipse of the Heart' oedd hi.

'Wyt ti'n nabod geiriau ein cân ni, "I'll Stand by You" gan The Pretenders?' gofynnais i Caryl.

'Ym …' griddfanodd hi.

'Paid â phoeni!' meddai Gwynfor. 'Dwi wedi cael ffôn

newydd sbon a 3G arno. Ti'n gallu edrych ar y geiriau arno fe.'

'Quite the silver surfer, that one,' meddai Jake.

'Arwr y dydd unwaith eto, Gwynfor!' dwedais i'n fodlon. Neidiodd pawb o'u croen pan sgrechiodd Jemma'n sydyn. Trodd pawb ati.

'O! O!' meddai, wedi'i chyffroi'n lân. 'Dyma beth ofynnaist ti amdano yn ein sesiwn *cosmic ordering*, Caryl – wyt ti'n cofio? Dwedest ti dy fod di am ganu'n broffesiynol unwaith eto!'

'Digon gwir! Damo, dylen i fod wedi gofyn am gael ennill y loteri yn lle 'ny!'

Mae'n rhaid i fi gyfaddef 'mod i'n teimlo braidd yn nerfus yn sefyll yng nghanol y sgubor yn barod am ddawns gyntaf y priodfeibion. Ond o'r foment daeth y nodyn cyntaf o wefusau Caryl, ymlaciais i. Am lais ffantastig! Dechreuon ni ddawnsio, ond dwi'n eithaf sicr y daeth hanner y gymeradwyaeth ar ei chyfer hi. Doedd dim taw arni ar ôl hynny. Dechreuodd hi dderbyn ceisiadau gan y dorf. Roedd hi hyd yn oed wedi rhoi cynnig go dda ar 'Myfanwy'. Ar ddiwedd y gân, perleisiodd nodyn pur a phrydferth. Wedyn, typical Caryl. Sbwyliodd hi'r cyfan.

'O, *shit*!' meddai. Roedd llif o ddŵr yn ffrydio dros ei hesgidiau disglair. 'Dwi'n meddwl bod fy nŵr i wedi torri …' Rhuthrodd Sangita a Jemma at y llwyfan i'w helpu ond doedd Caryl ddim yn fodlon gadael ei chynulleidfa eto.

'Dwi'n iawn! Peidiwch! Un gân arall … so chi'n deall! Mae gen i *babysitter*! Sai wedi cael noson mas ers misoedd!'

Dechreuodd hi ganu 'All that Jazz' o'r sioe gerdd *Chicago*. Roedd hi'n edrych fel *weeble* anferth, yn ceisio gwneud ciciau uchel a dwylo jazz. Roedd hi'n ddigon i ddychryn yr alpacaod mas yn y cae! Ro'n i'n gallu eu clywed nhw'n brefu'n gythryblus. Llwyddodd Sangita a Jemma i gael eu ffordd yn y diwedd, diolch byth. Roedd Caryl yn dal i brotestio wrth iddyn nhw ei gorfodi hi i fynd mewn i dacsi chwarter awr yn ddiweddarach.

Safodd Jake a finnau mas yn y clos yn ffarwelio â'r tair wrth i'r tacsi ruthro i ffwrdd.

'Where do you get these friends?' rhyfeddodd Jake.

'Y dosbarth Cymraeg!' dwedais i'n fodlon. Ond roedd rhaid i Jake dderbyn y ffaith mai gan y criw od hwnnw yr achubwyd y dydd – ym mhob ffordd.

Mae rhai pobl yn dweud bod diwrnod priodas trychinebus yn argoeli'n dda am briodas hirhoedlog. Os felly, dwi'n eithaf hyderus y bydd Jake a finnau'n byw yn hapus weddill ein dyddiau.

Clive

Bûm i'n Ddysgwr y Flwyddyn ... am hanner awr. Sefais ar y llwyfan yn derbyn cymeradwyaeth y dorf, ond yn hytrach na chochi mewn balchder, ro'n i'n cochi mewn cywilydd.

Doedd dim ots 'da fi fod fy mam yn gallu fy ngweld i ar y teledu, heb sôn am fy hen ffrindiau a chyd-weithwyr. Sylweddolais i'r eiliad honno taw dim ond un person do'n i ddim eisiau ei siomi. Dihangais i oddi wrth yr holl halibalŵ, gan lusgo Jemma ar fy ôl i. Roedd hi'n bryd i fi gyfaddef y cyfan.

Y gwir amdani yw nad dysgwr ydw i – twpsyn ydw i. Does gen i'r un esgus am fy ffolineb. Yr unig beth ddweda i yw hyn: gall cariad dwyllo'r doethaf ohonom. Dechreuodd y cyfan fel hyn. Bob blwyddyn, mae sioe yn cael ei chynnal ar faes plasty Llys Bryn Mawr lle dwi'n gweithio fel pensaer tirwedd. Ro'n i'n pori drwy'r stondinau jam a phicl pan welais i boster yn dweud bod Menter Iaith Sir Gâr yn chwilio am athrawon newydd i ddysgu Cymraeg i oedolion. Es i draw at y stondin i ddarganfod mwy. Pwy welais i yno ond Siwan James, sef Erin o *Pobol y Cwm*! Dechreuodd popeth symud yn araf, fel tasen i mewn ffilm. Ro'n i wedi bod mewn cariad ag Erin o'r foment gyrhaeddodd hi Gwmderi ar 8 Tachwedd 2006. Pan syrthiodd hi oddi ar gopa'r Wyddfa yn 2011, ro'n i'n siŵr fod rhan ohonof innau wedi marw hefyd. Felly pan welais i Siwan, yno, yn fy nhref leol, wel, roedd hi'n dipyn o sioc. Wedyn, daeth hi draw i siarad â fi. Fi!

'Alla i dy helpu di?' gofynnodd. Ro'n i'n ofni bydde 'nghalon yn neidio mas o 'mrest!

'Dwi … ym, dwi moyn ym … dysgu Cymraeg,' llwyddais i fwmial.

'Wel, da iawn ti!' meddai'r dduwies. 'Rwyt ti wedi cael gwersi yn barod, yn amlwg!' Ces i fy syfrdanu gymaint nes na chywirais hi. Wedyn, dwedodd hi taw hi oedd yn mynd i fod yn dysgu'r cwrs Canolradd. Dwy awr bob wythnos gyda Siwan James! Roedd y cynnig yn rhy dda i'w wrthod. Mi gofrestrais ar unwaith. A sawl blynedd wedyn, ro'n i'n dal wrthi. Gorfod i fi fethu'r arholiad bob blwyddyn i wneud yn siŵr fy mod i'n aros gyda Siwan. Roedd hi'n werth pob methiant. Wedyn, chwythodd corwynt Jemma mewn i 'mywyd i a newid y cyfan.

Cystadleuaeth Dysgwr y Flwyddyn oedd dechrau'r diwedd rhyngof i a Siwan. Daeth hi ataf i yn dawel yn ystod y wers pan oedden ni'n trafod 'Beth fasech chi'n ei wneud'.

'Wel, jiw jiw, Clive, mae dy Gymraeg wedi gwella'n dalps! Feddyliais i erioed y bydden i'n dweud y geiriau 'ma wrthot ti, ond beth am fynd am Ddysgwr y Flwyddyn eleni?'

Dylen i fod wedi gwrthod. Dylen i fod wedi cyfaddef y cwbl bryd hynny. Ond wnes i ddim. Anaml iawn roedd Siwan yn siarad â fi'n unigol.

'Sai'n gwybod … ym …' pallodd y geiriau ddod mas o 'ngheg. Rhoiodd ei llaw ar fy mraich a gwenu.

'Beth am i fi ddod rownd i dy dŷ di nos yfory a rhoi gwers breifat i ti?' Llamodd fy nghalon.

'O'r gorau,' gwichiais. Treuliais i'r diwrnod canlynol yn twtio'r bwthyn, yn torri fy ewinedd ac yn tocio fy marf. Roedd gen i gynllun i egluro pam na faswn i'n gallu cystadlu. Ro'n i am gyfaddef y gwir wrthi mewn cerdd gain. Treuliais i weddill y diwrnod yn ei chyfansoddi. Fel hyn roedd hi'n dechrau:

'Mae'n flin 'da fi dy dwyllo di, ond yn enw cariad wnes i bob dim.' Ro'n i'n falch iawn o'r frawddeg honno, ond erbyn saith o'r gloch, doedd Siwan yn dal ddim wedi cyrraedd. Ro'n i wedi dechrau anobeithio pan bipiodd fy ffôn â neges ryfedd oddi wrthi.

Gwin. Cyfeillion. Dere.

Fu dim trafod ar Ddysgwr y Flwyddyn y noson honno, a dim cyfaddefiad chwaith. Pan gyrhaeddais i'r dafarn, roedd Siwan wedi cwmanu'n drist dros botel o win. Yn ôl Wynfford, roedd hi wedi bod yna ers hanner dydd yn aros am sboner na chyrhaeddodd fyth.

'Tasen i'n sboner i ti, faswn i fyth wedi gadael i ti aros amdana i,' dwedais i.

Trodd hithau ei llygaid mawr brown ata i a sisial,

'Cer â fi adre, Clive …'

Roedd fy nghalon ar fin ffrwydro! Heb sôn am fy mhants!

Gwegian adref yn simsam drwy gawod ysgafn o law'r gwanwyn wnaethon ni. Finnau'n ei dal rhag iddi syrthio, a hithau wedi plethu ei breichiau am fy nghanol. Mynnodd hi brynu sglods ar y ffordd adre a rhofiodd hi ddyrneidiau ohonynt i'w cheg heb gynnig un i fi. Fuodd hynny ddim yn ddigon i ddifetha fy angerdd ati, hyd yn oed. Dyma oedd y foment ro'n i wedi bod yn breuddwydio amdani ers blynyddoedd! Ro'n i ar fin mynd adre gydag Erin! Ceisiais ddyfalu pa fath o dŷ fyddai ganddi. Ro'n i'n disgwyl rhywbeth soffistigedig a chelfydd; rhywbeth fyddai'n adlewyrchu ei phersonoliaeth.

Ddwy funud yn ddiweddarach, ro'n i'n sefyll yn ei thŷ bach truenus. Gallai fod wedi bod yn dŷ hen fenyw heblaw am y portread anferth o wyneb Siwan ar un wal. Sylwodd hi 'mod i'n syllu ar y llun.

'Dyna i gyd sy gyda fi ar ôl!' mwmialodd. 'Collais i'r cyfan, t'weld! 'Sda fi ddim potyn i biso ynddo!' Taflodd ei hun ar y soffa a dechrau diosg ei dillad. Parablai o hyd, 'Diolch byth fod Mam-gu wedi marw, neu fydden i'n ddigartre hefyd ...'

Roedd hi'n hanner noeth pan awgrymais i ein bod yn mynd lan llofft – i'r gwely.

'Sai'n gallu neud grisiau,' dwedodd, a thorri gwynt, 'os ti moyn fi, bydd rhaid i ti 'nghario i ...'

Cysegrfa i'r gorffennol oedd stafell wely Siwan. Tomen o luniau ohoni wedi'u llofnodi. Pentwr o hen gylchgronau a'i hwyneb ifanc wedi'i blastro drostynt. Dillad Erin mewn bagiau polythen. Ac yng nghanol y cyfan, gwely bach bratiog a thedi blêr yn diogi arno. Roedd Siwan yn chwyrnu yn fy mreichiau erbyn hyn, ei phen yn llipa ar fy ysgwydd. Swatiais hi'n glyd yn y gwely a rhoi'r bin ar bwys ei phen.

Agorodd ei llygaid yn llydan ar hyn.

'Clive?' meddai hi. 'Ydyn ni'n mynd i sielffo neu be?'

'Ddim heno, cariad,' dwedais yn dyner, yn mwytho'i gwallt.

'O, Clive. Ti mor … mor … ti mor …' Chwydodd i mewn i'r bin. Ond drwy'r holl gyfogi, clywais i un gair yn glir iawn: 'annwyl'.

Cerddais i adre drwy'r glaw yn dal y geiriau'n agos at fy nghalon. *Clive, ti mor annwyl.* Nid dyma sut ro'n i wedi dychmygu byddai hyn yn digwydd, ond roedd Siwan wedi rhoi gobaith i fi. Roedden ni wedi bondio. Ro'n i wedi profi fy mod yn ŵr bonheddig, yn foi dibynadwy. Penderfynais gyfaddef y cyfan wrthi drannoeth. Methais gysgu'r noson honno wrth feddwl am Siwan a fi gyda'n gilydd o'r diwedd. Ro'n i'n dychmygu ei hwyneb wrth glywed y gwir – byddai hi'n siŵr o weld pa mor rhamantus oedd y cyfan!

Gyrrais i rownd i'w thŷ erbyn canol dydd drannoeth â phowlen o gawl a phecyn o Alka-Seltzer iddi. Ro'n i wedi dysgu fy ngherdd ar fy nghof. Ro'n i'n sicr y foment y clywai hi fi'n barddoni y byddai Siwan yn llesmeirio ac yn syrthio i 'mreichiau! Ro'n i ar fin dringo mas o'r fan pan agorodd drws ei thŷ. Ymddangosodd corrach o gochyn o'r tywyllwch, yn chwerthin tra oedd e'n ceisio datglymu ei hun o ddwylo crwydrol Siwan. Ro'n i'n methu credu'r peth! Yn sydyn, ro'n i'n teimlo'n sâl.

Gyrrais i adre, bron â boddi mewn digalondid. Ro'n i'n teimlo fel tase hi wedi rhwygo fy nghalon o 'mrest, ei thaflu hi yn y baw a'i sathru dan ei thraed bach pert. Wel, dyna beth ysgrifennais i yn fy nyddiadur, beth bynnag. Roedd fy nyddiadaur yn llawn barddoniaeth torcalon yn y cyfnod hwnnw.

Yn y dosbarth Cymraeg yr wythnos ganlynol, bihafiodd Siwan fel tase dim byd wedi digwydd rhyngon ni. Fe geisiais ddal ei llygad drwy gydol y wers, ond roedd ei sylw wedi'i hoelio ar ei ffôn uffernol. Y cochyn, tybiais i. Hon oedd y wers pan awgrymodd Jemma y dylen ni ymarfer y dyfodol drwy wneud *cosmic ordering*. Ro'n i'n ysu am gael sylw Siwan, felly heb fecso taten 'mod i'n esgus bod yn 'Clive, y dysgwr gwaethaf yn y byd', dwedais i,

'Fe gipia i galon menyw fy mreuddwydion, a byddwn ni'n byw yn hapus gyda'n gilydd am weddill ein hoes.' Hyd yn oed a phawb arall yn curo'u dwylo, ffaelodd Siwan dynnu ei llygaid oddi ar ei ffôn.

Ar ddiwedd y wers, shifflais i mas o'r coleg mewn penbleth. A oedd hi'n bosib nad oedd Siwan yn cofio dim am ein moment arbennig? Efallai ei bod hi'n esgus peidio cofio oherwydd cywilydd am iddi chwydu o fy mlaen i. Mae hi'n actores ddawnus, wedi'r cwbl. Roedd rhaid i fi wybod y gwir. Penderfynais ddatrys y mater unwaith ac am byth. Ro'n i am frasgamu 'nôl mewn i'r stafell ddosbarth a datgan fy nghariad wrthi. Dyna'r unig ffordd fyddwn i'n gwybod a oedd gobaith i ni fod gyda'n gilydd. Ro'n i hanner ffordd lawr y coridor pan welais i Jemma'n cerdded tuag ata i, a 'mlodfresychen fendigedig yn ei chesail. Wel. Chi'n gwybod beth ddigwyddodd ar ôl hynny.

Sut, felly, gyrhaeddais i rownd derfynol Dysgwr y Flwyddyn, 'te? Does gyda fi neb i'w feio ond fi'n hunan, fel arfer. Ro'n i wedi bwriadu gwneud cawlach o'r cyfweliad, ond trodd y sgwrs at dyfu llysiau, a barddoniaeth; y ddau bwnc agosaf at fy nghalon. Dwi'n gallu siarad fel melin bupur am lysiau! Roedd John y beirniad yn cael trafferth tyfu dail salad ar ei randir, chi'n gweld. Gwlithod. Buon ni'n trafod dulliau o waredu pla ohonyn nhw. O'm rhan i, defnyddio nematodau, sef parasitiaid pitw bach sy'n lladd gwlithod heb effeithio ar y llysiau, sydd orau. Anghofiais i'n llwyr am esgus bod yn ddysgwr. Sylweddolais i ymhen tipyn fod y beirniaid yn syllu arna i fel tasen i'n rhyw fath o ryfeddod. Ceisiais fod yn 'ddysgwr' unwaith eto, ond roedd hi'n rhy hwyr. Daeth rhywun mewn i fy hebrwng i at y drws yn barod am y cystadleuydd nesaf.

A dyna sut des i i fod yn sefyll ar lwyfan cystadleuaeth Dysgwr y Flwyddyn. Fi! Y ffugiwr mawr. Y twpsyn llwyr! Ro'n i wedi gobeithio i'r nefoedd y byddwn yn cael fy nhrechu gan Caryl, neu Mari Puw – neu Glesni, hyd yn oed! Pan glywais i fy enw yn cael ei gyhoeddi fel yr enillydd, suddodd fy nghalon. Ro'n i eisiau rhedeg i ffwrdd, ond llusgodd Siwan fi 'nôl. Hisiodd drwy ddannedd wedi'u gwasgu'n dynn mewn gwên ffug,

'Paid â sbwylio hyn i fi, Clive. Gallai fod rhaglen deledu ynddo i fi – Siwan y Siwpyr-diwtor!' Edrychais ar ei hwyneb lloerig a syfrdanu o feddwl 'mod i, tan yn lled ddiweddar, yn argyhoeddedig bod ffawd yn datgan y dylai hi fod yn wraig i mi. O'r diwedd, do'n i ddim mewn cariad â hi bellach. Yn fwy na hynny, do'n i ddim yn sicr oeddwn i'n ei hoffi. Sodrodd Siwan gusan fawr ar fy moch. Wrth iddi wneud, daliais i lygad dryslyd Jemma. Roedd ei llawenydd at fy llwyddiant wedi diflannu. Roedd ei gwên wan fel saeth drwy fy nghalon!

Torrais yn rhydd o'r holl syrcas a rhedeg mas o'r babell, gan lusgo Jemma ar fy ôl i. Stopiais i ddim nes ein bod ni wedi gadael y maes yn gyfan gwbl a chyrraedd llwybr tarw sy'n dilyn yr afon i gyfeiriad Llys Bryn Mawr. Roedden ni wedi arafu erbyn hyn, yn fyr o wynt ac yn flinedig.

Stopiais i ar lan yr afon a throi at Jemma. Roedd hi'n syllu arna i a'i llygaid yn llawn siom.

'Galla i egluro ...' dechreuais i'n betrus.

'Does dim rhaid. Wedest ti, on'd do fe? Yn y dosbarth cyntaf. Dau wirionedd ac un celwydd. Dwedest ti, "Dwi wedi ennill y loteri ... Dwi'n siarad Cymraeg yn rhugl ... Dwi'n mynd i briodi Siwan".'

Agorais fy ngheg, ond doedd gen i ddim gwynt i siarad. Palodd Jemma yn ei blaen.

'Fe wnest ti'r cyfan drosti hi Siwan, on'd do fe? Er mwyn iddi syrthio mewn cariad â ti? Wel. O'r hyn welais i, wnaeth e weithio. Roedd hi drosot ti fel ... brech fawr hyll! Felly dyma dy gyfle! Sai eisau sefyll yn eich ffordd ...'

Sefais i'n fud, yn ffaelu credu beth roedd hi'n ei ddweud! Ro'n i'n disgwyl y bydde hi'n grac fy mod i wedi ffugio dysgu Cymraeg a chipio'r wobr oddi ar rywun teilwng. Ro'n i'n disgwyl y bydde hi wedi ei harswydo gan y celwyddau bûm i'n eu rhaffu ers blynyddoedd! Ond yn ôl a ddeallwn i, doedd dim ots gyda hi am ddim o'r pethau yna. Roedd hi'n genfigennus! Yn sydyn, gwawriodd arna i pa mor hurt oedd y cyfan.

'Wyt ti'n chwerthin ar fy mhen i nawr?' gwaeddodd Jemma wrth fy ngweld i'n gwenu. 'Wel, efallai gyda fi mas o'r ffordd, gallet ti gael y *tair* brawddeg yn gywir a phriodi Siwan wedi'r cwbl ...'

Cofleidiais i hi gan chwerthin.

'Dwi ddim eisiau priodi Siwan,' sibrydais wrthi, a'i chusanu'n angerddol. Rhoddodd hynny daw arni.

Ond os maddeuodd Jemma i fi'n weddol rwydd, doedd

yr un peth ddim yn wir am fy mam. Ffoniodd hithau'r noson honno, gan chwythu bygythion a chelanedd!

'Bob blwyddyn, dwi'n byw mewn gobaith o dy weld yn cipio'r Gadair, a phob blwyddyn dwi'n cael fy siomi, ond mae hyn yn rhoi'r copsi arni! Dysgwr y Flwyddyn?! A tithe wedi cael dy fagu yn iaith y nefoedd o fron dy fam! Beth yn y byd ddaeth dros dy ben di'n codi cywilydd arna i fel hyn? Beth ydw i fod i ddwed wrth bawb yn Merched y Wawr?'

'Y gwir, Mam! Wnes i ddychwelyd y wobr ac ymddiheuro'n llaes. Dwi'n difaru'n enaid, ond fe wnes i'r cyfan yn enw cariad.'

'Yn enw cariad, wir! Gad dy lap, y wew! Pwy yw'r ferch 'ma, ta beth?'

'Does dim ots, Mam. Dyw hi ddim yn bwysig rhagor.'

'Beth? Ddim yn bwysig? Ar ôl i ti fod yn rhaffu celwydde? Ar ôl i ti dwyllo'r byd a'r betws? Ar ôl i ti wneud ffŵl ohonot ti dy hunan – a finnau!'

''Na fe. Dyw hi ddim yn bwysig. Dwi mewn cariad â rhywun arall.'

'Rhywun *arall*?! Pwy yn y byd fydde'n ddigon gwallgo i dy gymryd di ar ôl hyn?'

'Lady Jemima Darlington-Whitt.'

'Wel, nawr dwi wedi clywed popeth! Lady Jemima wotnot, wir –'

'Ydych chi eisiau gair gyda hi? Mae hi fan hyn wrth fy ochr i, Mam …'

'Gair 'da hi? Wyt ti'n meddwl 'mod i'n –'

'Helô, Mrs Llewelyn. Lady Jemima sy 'ma, ond mae pawb yn galw fi'n Jemma.'

'Chi … chi'n siarad Cymraeg?'

'Ydw. Hynny yw, dwi'n dysgu. A dweud y gwir, dyna le gwrddais i â'ch mab – yn y dosbarth Cymraeg ...'

'Wel y jiw jiw! Wir. Mae dy Gymraeg di'n wych! Ac rwyt ti'n foneddiges hefyd. Un o ble wyt ti'n wreiddiol, cariad?'

Erbyn diwedd y sgwrs, roedd Mam wedi ei swyno gan Jemma a'i Chymraeg gwych, ac roedd ganddi stori hynod ramantus i'w hadrodd wrth ei ffrindiau yn Merched y Wawr.

*

Felly, dyma ni. Mae'r dosbarth Cymraeg wedi dod i ben am flwyddyn arall. Mae'r hen griw yn dal i gwrdd bob wythnos yn y Cyfeillion ar gyfer noson y cwis. Dylen ni newid-enw ein tîm, sbo. Mae'r 'Dysgwyr' i gyd yn siarad Cymraeg yn rhugl erbyn hyn. Pryd ydych chi'n stopio bod yn ddysgwr, tybed? Nid fod neb yn cael popeth yn iawn bob tro, wrth gwrs. Un o'r pethau di-ri dwi'n eu caru am Jemma yw ei dawn i ddweud y peth anghywir. Y tro diwethaf roedden ni yn y Cyfeillion, fe lwyddodd hi i ofyn i Wynfford y barman oedd arian yn ei bwrs.

'Na, cariad, mae e i gyd yn *solid gold* mewn fan hyn,' meddai fe, a'i law dros ei gopis. Roedden ni yn y Cyfeillion y diwrnod hwnnw am ginio dathlu diwedd y tymor, ac i groesawu Seren, y person bach newydd yn ein plith.

''Co chi, rhywbeth i'ch helpu chi i yfed llwncdestun i'r babi,' meddai Wynfford, gan gynnig potel o win am ddim i ni, chwarae teg iddo. Roedd Seren fach yn cysgu'n braf ym mreichiau Peter ac yntau'n edrych yn gyffyrddus iawn.

'Seren,' suodd Jemma, 'dyna enw perffaith, gan ei bod hi wedi ceisio dod i'r byd ar y llwyfan!'

'Wel. Mae hi ar gael i'w benthyg unrhyw bryd, ti'n gwybod,' meddai Caryl yn flinedig. 'Cyfle i ti ymarfer, Jemma. Efallai mai ti fydd nesa!'

'Un peth ar y tro, Caryl!' ebychais i. 'Newydd symud i mewn i'r bwthyn mae hi!'

'Mae busnes gyda ni i'w sefydlu, ta beth,' cytunodd Jemma. Mae ailwampiad Llys Bryn Mawr yn mynd fel slecs. Des i o hyd i adeiladwr llawer rhatach na'r cowboi Ieuan roedd Jemma wedi cwrdd ag e. Rydyn ni'n bwriadu ailagor y plasty flwyddyn nesaf fel gwesty a bwyty. Rydyn ni hyd yn oed wedi trafod y posibilrwydd o gynnal cyrsiau Cymraeg yno. Mae Glesni eisoes wedi cynnig bod yn diwtor i ni. Dyna beth yw ei her ddiweddaraf – cael ei hyfforddi ar gwrs Cymhwyster Cenedlaethol ar gyfer Dysgu Cymraeg i Oedolion. Felly lwc owt, ddysgwyr Sir Gâr! Mae'n gyrru ias i lawr fy nghefn i feddwl am y peth, hyd yn oed.

Wrth i Sir Gâr ennill un athrawes, mae'n colli un arall. Mae pethau pwysicach gyda Siwan i'w gwneud nawr taw hi yw arch-seren y rhyngrwyd. Mae Rhun, ei chariad pengoch, yn rhyw fath o *whizz-kid* yn y byd effeithiau arbennig. Mae e'n gweithio ym myd teledu yn gwneud CGI. Mae'n rhaid i fi gyfaddef ei fod yn fachan iawn, ac mae'n amlwg ei fod e wir yn caru Siwan. Diolch iddo fe, mae Siwan wedi llwyddo i droi proffil ei phen-ôl enwog i'w mantais ei hun. Mae Rhun a hithau wedi creu sawl fideo 'comedi' ar-lein. Maen nhw i gyd yn gorffen gyda phen-ôl Siwan yn eistedd ar rywun neu rywbeth. Sai'n deall apêl y peth a dweud y gwir, ond mae'n debyg taw fi yw'r eithriad sy'n profi'r rheol. Mae miliynau o bobl wedi 'hoffi' a 'rhannu', a throi Siwan yn seren dros nos. Mae hi wedi trafod ei llwyddiant fel 'actores gomedi' ar *Loose Women* a *This Morning*! Mae'r holl beth wedi mynd i'w phen a dweud y gwir. Daeth hi mewn i'r Cyfeillion yn gwisgo sbectol haul a het fel cuddwisg. Fuodd Caryl ddim yn hir yn rhoi pìn yn ei swigen.

'Sai'n gwybod pam wyt ti'n cuddio dy wyneb, Siwan, dy ben-ôl sy'n enwog ...' meddai. Esgus na chlywodd hi wnaeth Siwan.

'Mae gen i gyhoeddiad i'w wneud,' meddai hithau'n ymffrostgar. 'Mae mor flin 'da fi orfod dweud hyn. Dwi'n gwybod bod nifer ohonoch chi wedi dod i ddibynnu arna i dros y misoedd diwethaf, ond mae'r amser wedi dod. Mae'n bryd i chi hedfan, fy nghywion Cymraeg! Dwi'n symud i Lundain.'

'Beth wyt ti'n mynd i'w wneud yn Llundain, Siwan?' gofynnodd Gwynfor.

'Methu dweud, sori Gwynfor. Mae'r prosiect yma yn ... masif. A dwi'n golygu, fel, anferth! Hollol syfrdanol. Ond dwi wedi gorfod arwyddo pob math o gytundebau tra chyfrinachol. My lips are sealed.'

Wrth gwrs, erbyn naw o'r gloch, ac ar ôl gweld gwaelod sawl potel o siampên, daeth y gwir allan.

Felly dyna pam rydyn ni i gyd wedi cwrdd heno yn nhŷ Peter, yn eistedd o flaen ei deledu plasma anferth i weld Siwan yn gwneud ei hymddangosiad mawr ar deledu oriau brig. A dyna lle dwi'n eich gadael chi, â gwydraid o win yn fy llaw a Jemma'n magu Seren y babi yn ei chôl wrth fy ochr i. Mae Glesni'n hwrjio'i theisen lap chwedlonol ar bawb, Caryl a Sangita'n trafod cyhyrau'r pelfis a Gwynfor yn canmol system sain ddrudfawr Peter.

'Mae technoleg Siapaneaidd heb ei hail!' meddai fe.

'Shhh! Mae'n dechrau, bawb!' meddai Jemma yn gyffrous.

Mae'r cyflwynydd yn sefyll ar lwyfan yng nghanol torf o bobl ifanc swnllyd a brwdfrydig. Mae cerddoriaeth loerig yn dirgrynu yn y cefndir tra bo hi'n gweiddi at y dyrfa:

'Are you ready to welcome our first *Celebrity Big Brother* housemate? She's got the most famous backside in Wales! She's the internet sensation who sat on the world and stole the hearts of a nation! It's Siw-ann James!'

DIOLCHIADAU

I Luned Whelan, fy ngolygydd yng Ngwasg Gomer, am ei hamynedd, ei gwaith caled ac am chwerthin!

I Elinor Wyn am gredu bydden i'n gallu sgwennu nofel Gymraeg cyn i fi gredu hynny.

I Catrin Beard, Huw Meirion Edwards a Bethan Gwanas am eu brwdfrydedd.

I fy ffrindiau yng Nghaerfyrddin am eu cefnogaeth, yn enwedig i Lisa am ei sylwebaeth ar y penodau cynnar.

I fy nheulu Cymraeg am fy nghroesawu mor gynnes ac am eu cefnogaeth frwdfrydig wrth i fi ddysgu eu hiaith.

I fy rhieni am eu cariad a'u cefnogaeth ac am roi amser i fi sgwennu.

Yn bennaf, diolch o galon i fy ngŵr amyneddgar, Geraint Huw, am ddarllen pob gair dwi wedi'i sgwennu erioed. I ti, y byd ... a gwersi Cymraeg.